DAVID TOSCANA

EL EJÉRCITO
ILUMINADO

David Toscana

El Ejército Iluminado

La Pereza Ediciones

El ejército iluminado
© *David Toscana*

© Portada Leonel Sagahón

De esta edición 2022, La Pereza Ediciones, USA
www.lapereza.net

ISBN: 978-16-23751-97-5

Diseño de los forros de la colección:
Estudio Sagahón / Leonel Sagahón
www.sagahon.com
Maquetación Julián Herrera

DAVID TOSCANA

EL EJÉRCITO
ILUMINADO

LA
PE
RE
ZA EDICIONES

En el 467 de la calle Degollado hay un consultorio médico. Su fachada fue renovada de tal modo que es imposible reconocer en él la vieja casa donde vivieron Ignacio Matus y el gordo Comodoro. Ahora está pintada de azul y blanco, y un letrero luminoso declara que se curan males respiratorios. En la sala, donde tantos lances se relataron, donde hubo humo de cigarro, partidas de dominó, cerveza y carcajadas y silencio, hoy se encuentra una mujer que pregunta ¿en qué puedo servirle? a quienquiera que entre. Hasta antes de la remodelación podía verse en el patio frontal un monumento erigido por los amigos de Matus. Se trataba de un montículo de hormigón, tal vez emulando el cerro de la Silla, en cuya cresta se acopló una placa metálica con la leyenda: Ejército iluminado, 1968. Para hacerle sitio a tres cajones de estacionamiento, dos hombres aporrearon el montículo con pico y mazo hasta reducirlo a escombro. Nadie se interesó por conservar la placa, y sin duda fue fundida en un lote de chatarra.

El último vagón del ferrocarril se pierde tras una curva cercana a la estación de Monterrey. Aunque todavía se escucha a lo lejos el chirriar de las ruedas y el traqueteo de metales, para Román y Santiago el ambiente se serenó tan pronto el maquinista dejó de insistir con su silbato. ¿Qué se hace en estos casos?, pregunta Santiago. No lo sé, dice Román y se rasca la cabeza en una actitud de duda que cree necesaria para esos momentos, tal vez debemos esperar a que llegue la policía o una ambulancia o la prensa. En las vías del tren, a unos pasos de ellos, yace un cuerpo cortado en tres o cuatro partes. Es de noche y los colores se han vuelto matices de gris y negro. Imposible distinguir entre el aceite que derraman los trenes y la sangre; la piel del muerto es plomiza; el verde olivo de su pantalón, pardo. Sólo los botines se ven tan negros como de día. ¿Y si pasa otro tren?, pregunta Santiago. Román tuerce los labios y enarca las cejas. He escuchado que a los soldados se les salen las botas cuando mueren. Es un mito, dice Santiago, ocurre que se las roban, luego viene alguien, los mira a todos descalzos y acaba por inventar una historia. Ambos se hallan sentados en la tierra. ¿Y qué me dices de una granada?, Román arroja una piedra hacia la avenida contigua; de cuando en cuando pasa un auto o un camión, pero ningún conductor o pasajero repara en ellos. Santiago asiente y se incorpora en un proceso lento, las piernas le responden con crujidos. Con una granada las cosas cambian, se te salen botas, calzones y orines. Capta el olor de la cercana fábrica de cigarros y elige cambiar el tema porque jamás ha visto un muerto por granada. Huele a tabaco, dice, igual que siempre, como si hoy fuera un día cualquiera.

Diez metros delante del cuerpo se yergue una bandera blanca hecha con manta y palo de escoba. Santiago camina hacia ella y la arranca de un tirón. De regreso pasa junto al difunto y a partir de ahí cuenta cinco durmientes. Entonces la clava de nuevo, apoyando su peso contra el asta. Que nadie diga que no llegó a la meta. Román se pone de pie y saca una medalla de su bolsillo. Llegó, dice, eso nadie lo duda. Observa la medalla bajo la luz de la luna:

en el bronce redondo dos hombres desnudos se dan la mano, uno de pie, el otro en el suelo. El anverso muestra una imagen difusa que Román no alcanza a distinguir; sí, en cambio, descifra la leyenda en una mezcla de francés y números romanos: octava olimpiada, lee en susurros, París, 1924. Medio mundo y una vida ha vagado esta medalla, y al fin, cuarentaicuatro años después penderá de su justo ganador. Va hacia el cuerpo. Por primera vez lo observa de cerca y descubre con alivio que no fue decapitado, que aún hay un cuello cabal y fuerte del cual colgar la medalla. Sin embargo el rostro yace contra la tierra, y Román no quiere darle la vuelta, así que pasa el lazo a la fuerza por entre suelo y frente, nariz y boca. Deja la medalla tendida sobre la espalda trunca, cuidando que los hombres desnudos de bronce miren hacia arriba. Es para mí un honor, en nombre del pueblo mexicano y del movimiento olímpico internacional, otorgarle esta medalla que enaltece sus incontables méritos deportivos, docentes, sociales y militares, y le ordeno que la porte con la humildad de los vencidos y la gloria de un campeón, pues a veces la grandeza la lleva el perdedor y la ignominia es de quien primero llegó. Así sea. Hace una seña a Santiago para que se pare junto a él. Ambos se llevan la mano al pecho y comienzan a cantar el himno nacional, a sabiendas de que en muchos lugares del país ha de ondear la tricolor, de que a esa hora se estará pronunciando en todo el mundo la palabra México en distintas lenguas y con variados acentos. Cantan desafinados pero con más corazón que en las asambleas escolares de mucho tiempo atrás. Cantan porque lo merece el hombre en las vías del tren, que todo lo dio por su nación. Cantan e imaginan un estadio lleno a su alrededor, con decenas de miles de voces que los acompañan. Cantan, y en la segunda estrofa deben subir el volumen porque a toda velocidad se acerca una patrulla de luces coloradas y aullido enloquecido de sirena.

Hay tres fichas de dominó sobre la mesa. Una nube de humo ronda en torno a los cuatro jugadores; no va a ningún lado, no corre viento por las ventanas. Alguien respira con impaciencia. El gordo Comodoro divide la mirada entre sus siete fichas y las tres sobre la mesa. Es su turno, pero no se mueve, tiene miedo de hacer un lance equivocado; ha visto a esos hombres jugar y sabe que ponen un gran empeño en cada partida, se concentran, alzan los brazos si ganan, hacen girar las fichas huérfanas sobre su ombligo metálico, anticipan las jugadas del contrario, hablan poco porque el juego es para beber, para fumar, no para conversar del día o del trabajo. No ha de ser tan difícil, son siete fichas y debo elegir una. Le gusta la blanca por su pureza, porque es la más sencilla de interpretar; mas el gordo Comodoro sabe que no es cuestión de gustos. El juego posee una lógica, unas leyes, y hay que respetarlas. Él se siente más a gusto yendo a la cocina y trayendo las cervezas, vaciando los ceniceros, preguntando si se les ofrece otra cosa; prefiere sentarse en un rincón y mirar, nomás mirar. Pero uno de los señores, el señor Ibáñez, se marchó de la ciudad y éste es un juego de cuatro, le dijo Matus, tienes que aprender. Y toda la mañana del domingo le explicó la ciencia detrás de esas veintiocho fichas. Nunca dejes que el contrario te las vea, no dejes siquiera que las imagine. Cosa difícil porque las manos de Comodoro son torpes y varias veces al ensayar derribó alguna pieza y la dejó al descubierto para los ojos enemigos; por eso ahora se seca el sudor de los dedos en el muslo del pantalón. Santiago echa una bocanada de humo hacia el centro de la mesa. No estamos jugando ajedrez, gordito. Matus alza la mano para silenciarlo, le pide paciencia, y luego se dirige a Comodoro. Recuerda cómo lo hiciste en la mañana: si en la cola había un tres, ponías un tres, si había un cuatro, ponías un cuatro. No vale hablar, Román sale de su sopor, de seguro le estás dando pistas. Maldita la hora en que Ibáñez se fue a su rancho, nos mandó al diablo, dice Santiago, ¿ahora qué vamos a hacer? Debería haber una ley que prohibiera a la gente dejar a sus amigos, lo nuestro era un compromiso de cuatro, ¿y todo a cambio de qué?, de que Ibáñez esté ahora mismo sentado en una banca sin nada que hacer en un sitio que ha de morir todos los días tras la hora de la cena. Comodoro no escucha, piensa en la ficha blanca, la ficha inmaculada madre de dios y ruega por nosotros y bendita entre todas, fichas o mujeres, y no importan las obligaciones de este juego porque yo quiero poner la blanca y a veces hay que hacer lo que uno quiere, no lo que exige la gente, y con un poco de suerte ésa es justo la jugada correcta, la de un experto y triunfador. Alza su mano y acerca lentamente índice y pulgar para tomar la ficha elegida. Al fin, dice Santiago, aunque a este ritmo terminaremos mañana. Comodoro coloca la pieza junto al extremo con un tres, la choca en la mesa con fuerza, como ha visto que lo hacen los señores cuando ganan una partida. Nadie habla; la visión de esas fichas que no casan los ha dejado abatidos. Comodoro supone que su jugada fue maestra y ahora son los otros quienes deben meditar sobre el siguiente movimiento, quienes tendrán manos sudadas y las restregarán contra el pantalón. El niño nació muerto, dice Santiago, tanto esperar y nació muerto. Comodoro observa los ojos de los señores; no están en el juego, sino encima de él, es una mirada de arriba para abajo. Quiere tomar la ficha, regresarla con sus otras seis, simular que nadie la vio, elegir de nuevo, tal vez ahora sí acierte y la inmaculada puede quedar para después; pero la vieron, y Matus le advirtió sobre los secretos que debían guardarse. O huir, también se le ocurre huir, dejar a esos hombres, marcharse lejos como el señor Ibáñez, si sólo los valientes tuvieran permiso de huir. Matus da una manotada contra las fichas y manda algunas al suelo. Imbécil, se pone en pie, va hacia Comodoro y le estira sus ralos cabellos, ¿de qué sirvió todo lo que hablamos? También el cenicero rueda por el suelo. Habrá que barrer, buscar la colilla que quedó encendida. Comodoro quiere hablar, no le gusta que lo llamen imbécil, su maestra le ha dicho que no acepte insultos de nadie. Ahora no sólo le sudan las manos, la frente gotea, el cuello está mojado; le cuesta trabajo articular una frase cuando se encoleriza. Se echa al suelo y gatea hasta dar con la inmaculada; ahí está, junto a la pata de un sillón. La toma y se incorpora. Otra vez intenta decir lo que siente y apenas logra pronunciar la palabra injusto. Injusto, vuelve a decir, injusto, y la ficha es una hostia que Comodoro alza con ambas manos.

El gordo Comodoro camina por la calle Hidalgo tomado de la mano de Matus. No han querido hablar de la noche anterior, suponen que el modo fraternal de sujetar la mano izquierda con la derecha del otro es más elocuente que cualquier explicación, reclamo o disculpa. Como quiera, para compensar su deshonra, Comodoro tomó una represalia. De acuerdo con la costumbre, aseó la casa cuando Santiago y Román se marcharon y Matus se retiró a dormir; recogió las botellas vacías, barrió la ceniza del suelo y tiró la basura. Al llegar el turno de meter las fichas de dominó en la caja de madera, sólo introdujo veintisiete. Guardó la inmaculada en su bolsillo, y ahora mismo, al apurar el paso para cruzar la calle, la aprieta con su mano libre. Duda de qué hacer con ella, si tirarla, esconderla o regalarla; sólo está seguro de que no la devolverá. El paso de Matus es firme, siempre anda apresurado, y Comodoro se afana y campanea su cuerpo con cada corta zancada, erosionando el pantalón entre las ingles. Tienes que hacer ejercicio, dice Matus, o acabarás por reventar. Cuando yo tenía tu edad... Ya escuché ese cuento muchas veces, interrumpe Comodoro, pero la maestra nos dijo que jamás nadie tuvo nuestra edad, que la nuestra es otra edad, otro tiempo que sólo compartimos los iluminados. Así que no vuelva a recitarme lo que hizo de joven, ni a decirme imbécil como anoche. Se sueltan las manos. A fin de cuentas el apretón no les ha ahorrado palabras. Comodoro observa la casa frente a ellos; es antigua, de dos pisos. Piensa arrojar a la inmaculada al techo para que jamás la puedan recuperar, pero tiene miedo de no atinar, golpear la fachada y verla rebotar en la banqueta. Discúlpame, dice Matus, no vuelvo a llamarte así. Y podría romperse y eso es peor que perderla para siempre, peor aun que devolverla a su caja de madera con las otras veintisiete. De acuerdo, dice Comodoro, no vuelva a llamarme así, y regresa la ficha al bolsillo. Y a los pocos pasos ambos van tomados de nuevo de la mano.

No son cosas de hombres, dice una voz detrás de ellos, deberían llevar del brazo a una muchacha bonita. Comodoro se da la vuelta y Azucena le ofrece la mano. A mí ya se me hizo tarde, dice Matus, creo que juntos pueden dar con el camino, y acelera el paso hasta casi correr.

No se le ha hecho tarde, son apenas las siete y media, y la escuela donde da clases está a cinco minutos; pero esa mañana no tiene ánimos para tratar con Comodoro y mucho menos para hacer conversación con Azucena. ¿Por qué te deja tu madre andar sola? ¿No piensa en los riesgos? Y tal vez sí, la madre piensa en los riesgos y precisamente por eso la manda sola, con un poco de suerte mal cruza una calle o se le atraviesa una alcantarilla destapada.

En la entrada Matus saluda al conserje y lo ve dirigirse a la oficina del director. Él entra en su salón de clases y se acomoda en su silla. La pared del fondo exhibe un mapa antiguo en el cual aún puede verse un enorme territorio arriba del río Bravo como parte de la república mexicana. En él basa sus clases más apasionadas de historia; golpea con el índice una serie de ciudades: San Antonio, Los Ángeles, San Francisco, Santa Bárbara, y pregunta a sus alumnos ¿por qué creen que tienen nombres en español?, y señala la bahía de Monterrey y dice ese sitio se llama igual que nuestra ciudad por el mismo motivo, para honrar a don Gaspar de Zúñiga y Acevedo, conde de Monterrey, virrey de la Nueva España, conde español, no inglés, aunque ahora los gringos le quiten una erre porque no saben pronunciar las dos juntas. Cada año el director le riñe por su forma delirante de tratar el tema, porque aplaude el modo en que el general Santa Anna acaba con todos los miserables de El Álamo, unos en la batalla, el resto pasándolos a cuchillo, mueran infelices, porque la rendición no es motivo para indultar a los rufianes que nos roban la patria; y narra gozoso la manera en que los mexicanos apilan los cadáveres gringos, les amontonan leña y prenden una enorme fogata donde los cabellos son lo primero en consumirse; y Matus nota que sus alumnos se dividen entre los timoratos, la mayoría, y los entusiasmados, apenas tres o cuatro. Sabe que esa mañana tendrá problemas porque el viernes llamó cobardes a sus alumnos, vendepatrias; los jóvenes de hoy nacen derrotados, les dijo, con los calzones en el suelo, incapaces de tomar un rifle si no es de juguete; y uno de ellos, un tal Arechavaleta, se puso de pie y dijo que en los Estados Unidos las calles no tenían baches y la ropa era mejor y más barata y los aparatos eléctricos sí funcionaban y el gobierno no robaba y bien hubieran hecho en poner la frontera no en el río Bravo, sino más abajo, al sur de Monterrey, y así seríamos gringos y los sueldos se pagarían en dólares y... No continuó porque Matus lo tomó de una oreja y lo echó del salón.

Ahora, precisamente en ese mapa, encuentra la primera represalia. Con una gruesa tinta roja alguien ha trazado la frontera que pasa por el río Bravo, y una leyenda que dice: Entiéndalo, Matus, en esta raya se acaba México. La ortografía bien puesta, las comas en su lugar; a Matus no le cabe duda de que Arechavaleta lo escribió. Clava los codos en su escritorio, desilusionado. Esa mañana pensaba iniciar con un examen, sólo una pregunta: ¿a quién pertenece Texas? Según la respuesta, sabría distinguir entre los serviles y los soñadores, entre los medrosos y los héroes, o bien, acabaría por descubrir que para todos la respuesta es la misma.

Matus escucha pasos. No tiene que alzar la vista para saber que es el director.

Santiago y Román terminan de cantar el himno y se alejan del cuerpo. La patrulla se estaciona al costado de la avenida y dos policías salen con prisa, dejando abiertas las portezuelas. Les resulta fácil dar con el muerto, en el punto donde la luna no brilla sobre los rieles. Avanzan hacia allá y comentan entre ellos cosas que ni Santiago ni Román alcanzan a escuchar. Uno de los uniformados suelta una carcajada y saca su pistola para simular un tiro de gracia. Ahora ríen los dos. Santiago maldice los trenes mexicanos, que avanzan a velocidad de chatarra, desea que por esa vía en ese instante surja un tren japonés que sorprenda a esos dos hombres y les mate la risa. Uno de los policías se acuclilla y toma la medalla con dos dedos. No toque eso, Román se acerca y pronto se arrepiente de su tono autoritario, sabe que hubiera sido mejor pedirlo por favor. El policía guarda la pistola y se encamina hacia Román y Santiago. ¿Conocen a ese hombre? Román asiente sin ganas de gastar palabras con un mísero policía; preferiría hablar con la prensa, frente a un micrófono, que su voz se oyera de costa a costa. ¿Quién era?, insiste el policía. ¿Acaso no lo reconoce?, dice Santiago para provocarlo, y espera unos momentos antes de continuar: es Ignacio Matus, el general Ignacio Matus, originario de esta ciudad, defensor de nuestro país, el último de los héroes nacionales, el salvador de la patria.

El policía cambia su actitud, ya no sonríe ni mira con altivez, y aunque la duda en su rostro evidencia que nunca ha oído hablar del general Matus, va con su compañero y empieza a dar órdenes: no toques nada, pide una ambulancia para que levante los restos del general, diles que se apresuren, que puede pasar otro convoy.

Hoy les han dado gelatina verde. Comodoro se la embucha en tres cucharadas y deja caer el plato de plástico sobre la mesa para hacer notar que él terminó primero. El Milagro ni siquiera la ha probado; hizo dos intentos y en ambos se le cayó el trozo tembloroso antes de llevarlo a la boca. Acerca la cabeza al plato, le dice Azucena, no importa que comas como perro, lo esencial es no quedarse con hambre. Yo ya acabé, anuncia Comodoro. Antes sí podía, el Milagro deja la cuchara sobre el plato, no se me caían tanto las cosas; en casa ya no me dejan usar vaso de vidrio ni tijeras. El gordo Comodoro toma la cuchara y le ofrece la gelatina como a un bebé. El Milagro aprieta los labios y murmura un no. La gelatina es difícil para todos, Azucena se acerca al Milagro y le aprieta la nariz con los dedos para que abra la boca. Comodoro le mete la gelatina, triste porque ya pensaba que le tocaría doble ración. El viernes comiste pan sin ningún problema. Lo sé, pero el pan no exige destreza, no es lo mismo que cortar un filete. El Milagro acepta el resto de la gelatina sin necesidad de que le tapen la nariz. A Comodoro le conforta pensar que su amigo ni siquiera habría sido capaz de tomar las fichas de dominó; alguien debe ser el último de la fila, y le alegra saber que no es él. Con el Milagro, Matus se habría dado por vencido desde las primeras explicaciones, porque qué más da si el muchacho sabe de números y puntos negros cuando es incapaz de parar siete fichas que den la espalda al contrario, si el dominó, antes que una mente privilegiada, requiere de manos certeras. Los tres están en el patio porque no quisieron escuchar el cuento del día; alcanzan a ver que dentro del salón la maestra gesticula y blande con el brazo derecho una espada inmaterial; la mayoría pone atención, Cerillo tiene los ojos cerrados y babea.

Los tres van a la reja del frente para observar el movimiento de la calle Hidalgo. Un camión de la ruta uno se detiene para recoger a una señora con bolsas de mandado y arranca echando humo blanco. Se va a incendiar, dice Comodoro, y la señora no va a poder salir. ¿Qué lleva en las bolsas?, pregunta Azucena. Medio kilo de jamón, diez salchichas, un bote de crema y otro de café, azúcar, pepinos, tomates y una lechuga. También un cuaderno, dice el Milagro. ¿Y tú no la vas a salvar? No es posible, responde Comodoro, porque el camión ya se alejó y para cuando yo llegue la señora será grasa chisporroteante. Ella quiso escapar como todos, pero nunca soltó sus bolsas, por eso ocupaba mucho espacio en el pasillo, la gente se desesperó y un hombre le soltó un puñetazo y la tumbó para que los demás pasaran sobre su espalda. Primero se le quemaron los huaraches y ella gritó sin poder pararse porque las caderas se le atoraron entre los asientos; luego se le prendió el vestido y las personas afuera del camión la escucharon pedir auxilio, y para no hacer tan triste su muerte la señora metió mano en una de sus bolsas y empezó a comerse un pepino. A mí me parece más triste si se come el pepino, dice el Milagro; al principio me pareció bien que la señora se quemara, en cambio ahora, con medio cuerpo en llamas y ella mordiendo un pepino, me dan ganas de llorar. Yo pienso igual, Azucena se toma las rejas que dan a la calle, si no la vas a salvar déjala que se queme sin morder nada.

El gordo Comodoro no los escucha, pues recién descubrió a Matus al otro lado de la calle. Camina cabizbajo, no con su paso arrogante y veloz de otras ocasiones. Tal vez viene triste porque amaba a la mujer del camión.

Matus marca el número de Santiago, y encuentra la línea ocupada. Da un trago a su botella de aguardiente pese a que esa hora incierta le parece temprana para emborracharse. Se dice que intentará una vez más la llamada; si de nuevo escucha el tono de ocupado marcará el número de Román. Comete un error al girar el disco y se le sale el índice antes de llegar al tope. El número de Santiago incluye dos nueves y un cero, en tres ocasiones hay que rodar casi la circunferencia completa; es normal que mi dedo irritado y sudoroso resbale en cualquiera de los orificios. Una vez le dijo a Santiago que el diseñador de los teléfonos no sabía contar, pues el cero venía después del nueve, y esto no sólo representaba un problema de orden, sino de tiempo: mientras que el uno tarda alrededor de un segundo en marcarse, considerando la ida y vuelta del disco, el cero demora cinco; y dado que todos los números telefónicos de servicio en este país comienzan con cero, la suma de éstos hace que cada año se pierdan millones de horas esperando a que el disco regrese a su origen. Incluso para emergencias, en vez de un número breve, como el uno uno, hay que marcar el cero seis, y según sea el caso, el herido se puede desangrar o la casa incendiarse o el ladrón huir mientras el disco termina de realizar su viaje. Antes de hacer el último intento con Santiago, llama al cero tres. La voz femenina le dice que son las once y diecisiete. Da un trago a su botella y nota que se siente más tranquilo. Es bueno escuchar a una mujer. Sólo por confirmar la certeza de su índice vuelve a marcar el número. La misma voz le informa que aún son las once y diecisiete.

Firme en la línea de la izquierda, dice el director con el índice puesto en ese lugar. Matus mira la línea, una raya negra de cinco o seis centímetros; hubiera esperado al menos ver su nombre escrito a máquina debajo de ella, así fuera sin título de maestro. No le hace falta leer los documentos; descifró su contenido en la mirada del director, en la formalidad con que le solicitó pasar a la oficina, sobre todo en su amabilidad a la hora de ofrecerle asiento. ¿Eso es todo? Matus hace un trazo en el periódico sobre la mesa, quiere asegurarse de que la tinta corra desde el inicio de su firma. ¿Qué esperaba? ¿Que lo volviera a regañar como todos los años? Yo pensé que era un pacto: usted finge molestarse, y yo le prometo que enmendaré el camino. Este año es distinto, señor Matus, el director se pone de pie y le da la espalda, lo que menos queremos en estos momentos es violentar a los muchachos. Monterrey es un lugar pacífico, de trabajo, de valores, no de ideas atolondradas; aquí no debe ocurrir lo que está pasando en la capital con tanto estudiante que no estudia por salir a la calle a gritar consignas. Camina alrededor del escritorio y se detiene detrás de Matus para colocarle la mano encima del hombro en un gesto que pretende ser fraternal. A Matus le incomoda y sacude el cuerpo para deshacerse del contacto. El tono del director se vuelve poco amable. Sus ideas no van con los tiempos, no es correcto despertar en los alumnos inclinaciones a la violencia. No son mis ideas, dice Matus, están en el himno nacional, cada lunes les hacemos jurar que son soldados prestos a luchar contra el enemigo, yo lo único que les pido es que cumplan con su palabra; ojalá pudiera despertarles algo, pero tengo media vida repasando la pérdida de Texas, y cada año los alumnos son más apáticos; en la clase del viernes, por ejemplo, Arechavaleta dijo... Precisamente fue la madre de Arechavaleta la que me llamó, interrumpe el director; usted se ha apasionado más de la cuenta con su curso de historia, debió limitarse a fechas, nombres y eventos; todo lo que no esté en el libro de texto es política y los niños no vienen a la escuela a hacer política; la señora Arechavaleta lo acusó de estar convirtiendo la escuela en nido de comunistas. No había necesidad de hablarles sobre esa guerra ni hacer pasar a los Estados Unidos como nuestro enemigo, bastaba con relatarles que Santa Anna les vendió el territorio; es más sano odiar a un presidente muerto que a nuestros vecinos del norte. En un arranque de dignidad Matus levanta la voz. Creo que mi deber es informarles a los alumnos... Sin embargo el director la levanta aun más. La escuela es un lugar de formación, no de información, así que firme de una vez y acepte, igual que México, que perdió la guerra. Matus traza su nombre con rabia, el pulso le falla al punto de que él mismo no reconoce su firma.

Suena el timbre. Por la ventana entra el griterío de los alumnos que corren a formarse. Matus observa el frente de su salón cuando se lo permite la cortina que va y viene con el viento; el primero de la fila es Arechavaleta. Luce radiante, parece orgulloso, muy consciente de que entre él y su madre lograron echar al Matus, de eso no hay duda porque el grupo no quedó huérfano, ya la profesora Domínguez ordena a los chicos que se estén callados, bien paraditos, que marchen al interior del salón sin alboroto.

Voy a despedirme de los muchachos, dice Matus. El director sonríe. No hace falta, ahora mismo la profesora Domínguez les está explicando que usted no volverá. Entonces voy al salón a recoger mis cosas. Todo está junto al portón de salida, incluyendo su mapa antiguo. Matus se marcha de la oficina. Piensa que el director lo conoce bien, pues no pensaba volver para despedirse de sus alumnos, sino para darle a Arechavaleta nuevos y rabiosos jalones de oreja.

Te vi pasar a media mañana. Sí, Comodoro, hoy salí temprano de la escuela. Ibas triste. Sí, un poco triste. ¿Es por la mujer que murió en el camión? Matus le acaricia los cabellos. Dejan la calle Hidalgo, tuercen a la derecha y se encaminan por Degollado. Más adelante en esa cuadra se despacha combustible, por eso cambian de flanco, porque la acera desaparece y todo son coches que entran y salen y conductores con prisa que piden gasolina roja, verde o amarilla. Tan pronto salvan la gasolinera, retoman la acera derecha y entran en el mercado. Comodoro supone que ese debe ser el último sitio que visitó la mujer, pues no hay otro lugar en las cercanías donde puedan surtirse víveres. Deambula entre los mostradores mientras Matus echa varios productos en la canastilla. Sonríe al descubrir cajas con polvo para preparar gelatina verde; en la fotografía la gelatina es rígida, el Milagro podría comerla sin dificultad. Toma una caja y la lleva con Matus, quien de inmediato la rechaza. Vienen tiempos difíciles, tenemos que ahorrar. El gordo Comodoro asiente, de acuerdo, dice, pero supongo que tenemos dinero para un par de pepinos. Finge que va a devolver la gelatina y, a medio camino, a salvo de miradas, se la echa dentro del pantalón. Protégeme, inmaculada, que nadie me descubra. Matus regresa al área de verduras, comprueba que los pepinos son baratos y echa dos en la canastilla, preguntándose desde cuando a Comodoro le gusta esa legumbre de tan mal aspecto.

La gasolinera sigue ahí, en la esquina de Padre Mier y Degollado; el mercado, no. Lo cerraron en los años setenta, cuando se instalaron en Monterrey las grandes cadenas comerciales. Y aunque la mayoría de las casas del rumbo terminaron convertidas en oficinas, escuelas, restaurantes o consultorios, hoy día siguen viviendo ahí unas cuantas personas que recuerdan a Matus. Algunos nunca lo conocieron por su nombre; sólo relatan que durante muchos años vieron pasar casi a diario a un hombre que corría por el barrio y le daba una o dos o más vueltas a la calle que circunda el cerro del Obispado. En aquellos tiempos no estaba de moda correr, dice la señora Olivia Muguerza, vecina de la calle Degollado, por eso el pobre tenía que soportar burlas e insultos, y a veces le arrojaban cosas. A mí me daba lástima, aunque un día yo también le grité algo para agredirlo, algo sobre sus piernas. Yo era una muchacha, sería en los años cuarenta, iba con un grupo de amigos y uno siempre es más valiente cuando anda en bola. Pero a él le daba lo mismo, y algunas personas decían que estaba sordo porque nunca respondió a las provocaciones. Un día no apareció más; dijeron que se había muerto, pero no recuerdo en qué época fue.

El señor Eduardo Espina, también vecino del barrio, fue más conciso. Se llamaba Ignacio Matus, dijo, y no era un simple corredor, sino maratonista, el primero que tuvimos en la ciudad. Creo que fue a unas olimpiadas.

Ya es de noche cuando Comodoro escucha los débiles golpes en la puerta y se apresura a abrir. Menos mal, dice al tiempo que toma a Matus del brazo para ayudarlo a entrar, pensé que le habría dado un infarto o lo habría golpeado alguien. Al contrario, dice Matus, hace tiempo que no me sentía tan bien; corrí como si fuera un muchacho, o mejor dicho, hoy fui un muchacho mientras corría. Comodoro lo escruta con la mirada sin hallar restos de ese muchacho. A no ser por una nueva y misteriosa sonrisa, Matus le parece el viejo de siempre, al borde del desplome. Sí, dice, se le nota más joven que de costumbre. Ambos caminan por el pasillo hacia la sala. Sobre la mesa están los dos pepinos y una botella de cerveza. Creo que ya está caliente, dice Comodoro, la saqué hace más de una hora. Matus avanza con lentitud porque los músculos se le están endureciendo, y se echa sobre el sofá con un gemido. La próxima vez que salga a correr, Comodoro señala los pepinos, llévese uno de ésos; si de verdad le da un infarto, debe morderlo. Tal vez las piernas se le aflojen y usted se vaya de bruces, pero no se ocupe en poner las manos en el suelo, no sea que para entonces ya esté muerto. Lo primero es el pepino. Matus bebe la cerveza de un tirón; se siente exhausto y feliz. A veces, Comodoro, soy invencible cuando corro, al menos por unos minutos gozo la certeza de serlo, de tener veinte años, de ser amado; cuando corro tolero las burlas de peatones y automovilistas porque sé que mis puños pueden partirles a todos la cara. Durante unos minutos, luego del esfuerzo del primer kilómetro, los músculos se aligeran y yo dejo de jadear, entonces me convierto en algo distinto del profesor Matus, soy un campeón, me embriago, soy poderoso y mis actos no tienen consecuencias; puedo patear a Arechavaleta, pisotearlo y disfrutar sus lamentos, me atravieso entre el tráfico y obligo a los autos a detenerse y oigo más insultos y bocinazos y, a diferencia del alcohol, tanta grandeza no llega por el cerebro embotado sino por la claridad del pensamiento. Pasan esos minutos, el cuerpo se cansa y vuelvo a ser pequeño, viejo y débil, me duele cada coyuntura mucho más que antes de salir a correr; y sin embargo valió la pena porque me queda el recuerdo de esa juventud y la promesa de que cualquier día de estos, mañana quizá, lo haré de nuevo. Unos minutos, Comodoro, sólo soy fuerte y joven unos minutos. Ya hay otra botella sobre la mesa y Matus la apura en pocos tragos. Palpa el sillón para invitar a Comodoro a sentarse a su lado, mas éste rechaza la oferta. Hoy se alargaron esos minutos, hoy miré siempre al frente para ignorar la carne de mis piernas, el pellejo de mis brazos, y hasta me atreví a dar diez o veinte trancos con los ojos cerrados; luego llegó la noche y todo fue más fácil. Hoy los minutos se alargaron a más de una hora, Comodoro, y tal vez dos, y no le di patadas a Arechavaleta ni me acosté con una muchacha de piernas gruesas ni repartí puñetazos. Hoy me vi encabezando una armada de miles de hombres; íbamos rumbo a Texas, con las botas enlodadas, murmurando una canción. Comodoro sabe que es tiempo de la tercera cerveza y va por ella a la cocina. El pepino, le grita Matus, ¿puede salvarme la vida? La respuesta tarda en llegar; antes se cierra de golpe el refrigerador, después rueda una corcholata por el suelo. No, dice Comodoro, usted caerá en la vía pública, pronto se verá rodeado de curiosos; es mejor morder el pepino. La cerveza queda intacta. Matus cierra los ojos y se recuesta con la misma sonrisa con la que llegó, los puños apretados, la respiración en paz. ¿Aún lo está viendo?, pregunta Comodoro y apaga la luz. Se da cuenta de que el viejo se quedará tendido en el sofá hasta el amanecer. Estamos cruzando el río Bravo, dice Matus en un susurro, y esta vez no vamos a perder.

Matus termina de escribir su cartel y lo cuelga con dos tachuelas en la pared del comedor. Camina en reversa por el pasillo hasta la puerta principal. Sabe que desde ese punto son siete metros; le satisface que las palabras del encabezado y del remate aún sean legibles. Llama a Comodoro y cuando lo tiene a un lado le pregunta qué opina del cartel, ¿crees que tenga éxito? A falta de tachuelas en la parte inferior, la cartulina se va enroscando poco a poco. Comodoro lo mira unos segundos, sin prestarle mucha atención. ¿Se está burlando de mí? No te estoy pidiendo que lo leas, como no te pediría que me digas cuánto son cinco por cinco; estoy hablando del arte, de los colores, las proporciones, el tamaño. Son sólo palabras, no me pregunte si me parece bonito; en las palabras no hay belleza, ni aunque unas estén escritas en negro y otras en rojo, ni siquiera en la o, que es la letra perfecta. Tienes razón, Comodoro, parece una convocatoria de sindicato, ¿qué me sugieres? Una invitación a la guerra debe incluir un hongo nuclear, pero usted no dejó espacio, apenas una franja delgada para una espada o una escopeta de leñador. Matus va al cartel y dibuja en el margen superior una espada con aspecto de machete. Ahora sí, dice Comodoro, el que no se enliste es un afeminado que merece morir a machetazos, y la espada es mejor que la escopeta porque simboliza la lucha cuerpo a cuerpo; con una escopeta yo pienso en perdices muertas.

Matus descubre otro hueco en su cartel y dibuja un rectángulo alargado con una mecha. ¿Para qué quiere una vela? Matus escribe las siglas tnt dentro del rectángulo y Comodoro sigue sin comprender. ¿Qué dicen las letras rojas? Las de arriba dicen mexicanos al grito de guerra, las de abajo, la patria te necesita. No cabe duda de que la literatura es nada frente a la pintura; a mí me sedujo con la espada, en cambio las palabritas esas no me hacen que lo siga a ningún lado. Matus se aleja unos metros y sonríe. Ahora tenemos un ejército y peleamos cada que el gobierno lo dispone, lo cual es nunca; antes la cosa era por invitación y había guerra siempre que a la gente no le gustara el presidente o emperador en turno o estuviera molesta por cualquier asunto de impuestos o religión. ¿Y yo puedo ir? Comodoro ha tardado en hacer la pregunta, la tuvo en mente desde que escuchó a Matus hablar de ese ejército que avanzaba hacia Texas; fue al espejo, se desnudó, se repitió decenas de veces que su cuerpo era el de un guerrero. Supuso que sería invitado, pero ahora lo ponen a juzgar un cartel que invita a cualquiera, no a él. ¿Puedo ir?, insiste, quiero ir. No, Comodoro, tú debes quedarte a cuidar la casa, porque por ahí empieza la patria. La respuesta, certera en la cabeza de Matus, le parece estúpida al pronunciarla. No me hable como a un idiota, dígame la verdad. No vas porque quien falla en el dominó es poca cosa para el ajedrez militar. Esa respuesta sí está a mi altura, dice Comodoro. Toma un plumón rojo para encender la mecha y corre escaleras arriba a resoplar su rabia.

Román ronda la plaza Zaragoza sin encontrar estacionamiento, es hasta la segunda vuelta cuando da con un lugar frente al palacio municipal. Desde ahí divisa a Matus en una banca cercana al quiosco. El cartel ha terminado por torcerse a causa del sol y del viento, y Matus no ha hecho por enderezarlo. Qué más da, habrá pensado, yo cumplo con estar aquí aunque entre los miles de hombres de esta ciudad no encuentre uno con agallas.

La noche anterior Román y Santiago trataron de disuadirlo, ¿qué quieres demostrar? ¿que tuvieron razón en echarte de la escuela?, pero luego comenzó a circular el alcohol y los tres acabaron recitando loas a la patria. Sin embargo ni en medio de los más valerosos versos aceptaron formar parte de esa aventura; no, Matus, ya no tenemos edad ni huesos, no tenemos piernas que corran como las tuyas. Y entre frases bélicas e ideas sobre la vejez oscilaron varias veces entre la euforia y la pesadumbre. En la madrugada llamaron por teléfono a Ibáñez y lo persuadieron de vender sus viejos rifles. Me darán un buen dinero en la escuela, dijo Matus para ganarse su confianza, y por si no regreso vivo te firmo una carta para que tú cobres el cheque.

Román baja del auto y se dirige hacia el punto donde su amigo permanece con gesto aburrido. ¿Hubo suerte? Ese tipo me ha estado mirando todo el día, Matus señala a un hombre con aspecto de gendarme, seguro me espantó a la clientela. Tal vez en otra ocasión, dice Román, quizá cuando terminen las olimpiadas y pase de moda tanto discurso sobre la paz y la fraternidad entre los pueblos del mundo. Matus arranca el cartel y lo enrolla. Pasan unos muchachos corriendo y se escucha la risa de uno de ellos. Matus está seguro de que se burlan de él. Hace ciento veintitantos años esta misma plaza se llenó de gringos uniformados y bien armados; por suerte yo no lo vi, debe ser humillante que en tu ciudad mande un ejército invasor. Tú lo has dicho, Matus, humillante, pero fue hace tanto tiempo que ya nadie lo recuerda y pocos lo aprenden, así que olvida el asunto y démosle otra oportunidad al gordo Comodoro; con suerte hoy sí coloca la ficha correcta. Un hombre me dio dos pesos, dice Matus, y se lleva la mano al bolsillo para sacar el par de monedas. Aportar dinero es algo, es el patriotismo de los cobardes. Me dijo tome, buen hombre, con este dinero pago dos balas, aunque no cualquier par de balas, asegúreme que estoy comprando las que aciertan en la frente de dos gringos. Yo debí arrojarle las monedas, pero luego de tantas horas en las que la gente se seguía de largo, me pareció ganancia que alguien me tomara en serio. Dos pesos no son tomarte en serio, dice Román, son mayor desprecio que ignorarte.

Ya están subiéndose al auto cuando se acerca el gendarme. ¿Piensa venir mañana? Matus niega con la cabeza. Menos mal, dice el hombre, porque me mandarían de nuevo a cuidarlo todo el día; mi jefe me dio órdenes: si nadie le hace caso, déjalo en paz, no es más que un perturbado, pero si recluta a alguien habrá que arrestarlo porque eso se llama sedición. ¿Me está amenazando?, Matus habla sin el tono iracundo que exige esa pregunta. El gendarme se encoge de hombros, sedición, dice, qué palabra, he arrestado borrachos, ladrones y una vez a un asesino; el de usted es un delito que no conozco. Tome, buen hombre, Matus le da los dos pesos, por el trabajo que le causé. Ya no importa si ese dinero fue burla o propósito, de cualquier manera el tipo que me lo dio habrá ganado, e incluso, si me lo topo en otra ocasión, podrá reclamarme: a usted le di dos pesos y ¿qué hizo con ellos?, nunca leí en las noticias nada sobre invasiones a los Estados Unidos, nunca leí sobre dos soldados muertos, cada uno con una bala de plata contante y sonante del Banco de México. No, señor, es que no se hizo la guerra. Entonces devuélvame mi dinero, con réditos y comisión por el engaño, y lo menos que acepto es una moneda olímpica. Son de veinticinco pesos, señor, ¿no le parece demasiado? ¿Y a usted no le parece un exceso haber dejado vivos a esos dos gringos? Matus baja la cabeza, avergonzado. Ahora sí está vencido, en la guerra y en la vida no le resta sino llegar en último lugar. No tiene alumnos, no tiene soldados, ni siquiera habrá un disparo de salida. Le molesta pensar que en pocos días comienzan las olimpiadas y, como de costumbre, los gringos van a arrollar a sus rivales y de nuevo harán ondear su bandera en la capital mexicana, igual que lo hizo su ejército en 1848, y entonarán su himno una y otra vez y obligarán a la gente a ponerse de pie y saludar, y los demás países habrán de conformarse con sitios del segundo para abajo, y México más en el fondo, allá donde se reparten las migajas.

Hoy no, dice Matus, nada de dominó ni de oportunidades a Comodoro.

Cuando el auto arranca, el gendarme aún sonríe con las monedas apretadas en el puño.

Se escucha el murmullo del motor y una puerta de coche que se cierra. Comodoro entreabre la cortina para mirar. El auto se marcha, dejando a Matus a media calle, con su cartel enrollado bajo la axila. Ahí permanece inmóvil, una silueta oscura, lánguida, hasta que las luces de un inminente vehículo lo hacen caminar hacia la banqueta. ¿Picaron los peces?, pregunta Comodoro desde la ventana. Matus entra y deja caer el cartel en el pasillo. Avanza hasta la sala, deslizando los zapatos empolvados, y se recuesta en el sillón, un pie arriba, el otro en el suelo. Comodoro va hacia allá y se arrodilla junto a él. ¿Va a querer emborracharse? Matus se besa la mano y con ella acaricia la mejilla de Comodoro. Es hora de aplaudir, matar un becerro y celebrar, dice, bienaventurado seas, gordo Comodoro, porque el cielo te regaló la certeza de no llegar a viejo.

La maestra les pide que se estén en silencio, tiene algo que arreglar en la dirección, pueden tomar los colores y dibujar si quieren, o pueden dormir la siesta, nada de comer ni de masticar chicle ni de contarse historias de espanto. Tan pronto se pierde de vista y sus tacones dejan de sonar, el gordo Comodoro pasa al frente con el cartel enrollado de Matus. Señoritas y caballeros, somos perdidos, no hay más remedio que salir a coger gringos, y con pulgar e índice de la mano derecha levanta a la inmaculada. La mayoría conversa, son pocos los que atienden el discurso de Comodoro sobre la necesidad de tomar las armas y defender al país de una bandada de bárbaros que habitan al norte del río Bravo. No son seres como uno, habla con los aspavientos de un declamador, se señala al pecho cuando dice uno, ni como los demás, ahora sus manos trazan un semicírculo en el aire, allá no hay iluminados porque hacen experimentos con ellos, y quienquiera de nosotros que cruce la frontera debe estar consciente de que puede morir, o peor aun, caer prisionero e ir a parar en un laboratorio donde le conecten cables en la cabeza y le den leche radiactiva. Azucena deja su muñeca a un lado y le pide a Ubaldo que atienda. Ése sí es un hombre de verdad, le dice; esta misma noche, antes de quedarme dormida, supondré que Comodoro está en mi lecho, vestido de verde y con casco metálico, y que al oído me dice palabras como bárbaros y defender al país y prisionero. Eso es porque eres mujer, a los hombres no nos llevan a ningún lado con palabras; si el gordo quiere convencernos debió traer una pistola y disparar varias veces al techo. Hemos de estar dispuestos a dar la vida, dice Comodoro, y Azucena alza las cejas y le pregunta a Ubaldo si él podría decir cosas como ésa. Él toma una caja de colores y dibuja con prisa a un gordo recostado entre árboles; sus ojos son dos cruces y del vientre le brota un torrente rojo. Mortis Comodoris, dice cuando termina, circa 1968. El Milagro se ha puesto de pie sobre su banco, tiene los brazos en cruz, los ojos cerrados, zumba una tonada maestosa. Su avión lanza cinco proyectiles; tres de ellos caen en un bosque y una maraña de ramas y hojas vuela por los aires; otros dos caen en medio de la ciudad y las mujeres gritan; un hombre agita una banderola y llora. Comodoro muestra el cartel sin desplegarlo, sólo exhibe el dibujo de la espada. Levante la mano quien esté dispuesto a ofrendarse por una mejor causa que pasar el día oyendo cuentos y rimas. De inmediato se ven en lo alto los índices de Azucena, Caralampio y el Milagro. Ubaldo le dice a Azucena que está dispuesto a acompañarlos con tal de que el gordo no tome tantas ínfulas. ¿Sólo tres?, pregunta Comodoro, entre la desilusión y la rabia. También Ubaldo, dice Azucena, y estoy segura de que si Cerillo estuviera despierto habría alzado su brazo. Entonces tómale el dedo y levántaselo. Somos pocos, dice Comodoro, mas la patria prefiere un puñado de valientes que un tropel de pusilánimes. Guarden nuestro propósito en el mayor de los secretos hasta recibir órdenes superiores. Azucena no resiste más y va hacia Comodoro y lo abraza. Se oyen aplausos y la maestra regresa para pedir que guarden silencio.

El teléfono suena y Matus se encamina a contestar; sin embargo Comodoro aparece por la puerta de la cocina, presuroso hacia el aparato. Puede ser para mí, dice con la mano sobre el auricular, sin responder, dejando que los timbrazos colmen la casa. Nunca te llama nadie, dice Matus, contesta de una vez. Si es Román o Santiago, di que hoy no quiero ver a nadie, o dame acá, yo mismo puedo decirlo. Las manos de ambos se juntan en un débil forcejeo por el teléfono; al fin Comodoro se lo queda con un tirón. Escucho, dice al aparato con voz severa, ¿alguna novedad? Matus se recarga en el marco de la puerta, los brazos cruzados, aún supone que la llamada es para él. Claro, dice Comodoro, todas las armas de que dispongas, mejor si son de largo alcance, y no te olvides de cargar con algo para el cuerpo a cuerpo. Matus se acerca, intrigado, ¿quién es?, pregunta, ¿con quién hablas de esas cosas? Comodoro se lleva el índice a los labios, silencio, por favor, esto es importante, váyase al sofá, después le explico, y vuelve a escuchar con atención la voz al otro lado de la línea. De acuerdo, dice, no está de más llevar una ración de veneno. No sé, supongo que el de ratas es bueno, y asegúrate de que sea en polvo, con el líquido ocurren desgracias, alguien de los nuestros podría beberlo aunque la etiqueta muestre una calavera. ¿Con quién hablas, Comodoro? ¿Has hecho algo a mis espaldas? ¿Dónde quedó mi cartel? De acuerdo, tiene que ser lo antes posible si queremos el elemento sorpresa a nuestro favor; no, yo tampoco conozco el camino, pero seguramente vendrá en un mapa; sí, ese territorio es nuestro, nos pertenece todo lo que se llama Texas, lo sé de buena fuente. La conversación lleva un par de minutos cuando Comodoro se golpea la frente con la palma de la mano. Sería nuestra perdición, dice y afloja el cuerpo, se enjuga el sudor del bozo, en ese caso nuestros planes se irían al diablo. Yo no sé de esos asuntos, pero aquí tengo a Matus, voy a consultarlo con él. Comodoro tapa la bocina con la mano y se dirige a Matus con la voz temblorosa. ¿Es cierto que para ir a Texas hace falta pasaporte?

Esa noche Matus y Comodoro se sienten más cercanos que nunca. Se abrazan en silencio durante varios minutos, hasta que llega la hora de dormir. Cada uno en su cama, separados por la longitud de un buró en la cabecera, se están con las manos tomadas, jugueteando con los dedos que a ratos son hormigas y a ratos pulsan las teclas de un piano o de una máquina de escribir, hasta que uno de ellos, no se sabe quién, se suelta del otro al quedarse dormido.

Por la mañana las manos vuelven a juntarse rumbo al instituto. Ambos van haciendo planes, imaginan sus triunfos, cuentan los muertos del bando contrario. Es la última vez que andamos así, dice Comodoro, no es cosa que luzca bien entre compañeros de armas. En el campo de batalla no hay que cruzar calles, dice Matus, además hay que ocupar las manos en sostener el rifle o el puñal. Comodoro infla el pecho al escuchar la última palabra; los cuchillos son para cortar tomate, los puñales se encajan en cuerpos ajenos. Sólo asegúrate de que no se corra la voz, nuestra misión ha de realizarse en secreto, ninguno de tus amigos habrá de hablarlo con sus padres o maestras. Comodoro hace la señal de la cruz. Respondo por mi silencio y el de todo el regimiento. Los dos recorren las calles restantes con las manos en los bolsillos. Al atravesar Venustiano Carranza, Matus no deja de pensar en un gordo bajo las ruedas de cualquier auto.

Me enteré de que piensa llevar a mi hijo a esa insensata aventura. Aunque Matus no reconoce a la mujer del otro lado de la puerta, deduce que es la madre de algún amigo de Comodoro. Aprieta los dientes y maldice en silencio; fui un iluso al suponer que esos imbéciles sabrían guardar secretos. Pase, señora, Matus enciende la luz del pasillo y se queda parado junto a la puerta hasta que la mujer entra. Yo sé que pidió a los muchachos no abrir la boca, pero mi hijo me cuenta todo, siempre lo hace, así que no lo tome como una traición. Una vez sentados en la sala, uno frente al otro, transcurren los segundos sin palabras, mueven las manos, la mirada, los pies y los dedos dentro de los zapatos. Voy por algo para beber, Matus se levanta y va a la cocina. Ante el refrigerador abierto se queda mirando un frasco de mayonesa. Llegó a pensar en las madres buscando a sus hijos, tal vez llorando, angustiadas o aliviadas; no se le había ocurrido que una de ellas se presentara en su casa, que le hablara de modo pacífico, porque la mujer no le ha recriminado, no le ha gritado ni le dio una cachetada como él hubiera esperado, no vino con su marido o con un policía para que le diera un escarmiento; apenas lo ofendió llamándole insensata aventura a su misión que, si bien no lo conducirá a un triunfo militar, tampoco es justo adjetivarla de ese modo. Cierra el refrigerador y se da cuenta de que tiene el frasco de mayonesa en la mano. Va al fregadero y llena dos vasos con agua. Camino a la sala resuelve decirle a la mujer que su misión no es un disparate y que enrolarse en ella es algo voluntario. La mujer toma el vaso y comienza a beber. Es algo voluntario, dice Matus, si usted no quiere... Soy la madre de Cerillo, interrumpe la mujer, y aunque la gente piensa que es un incapaz yo lo amo más que a mis otros hijos. Las maestras del instituto son buenas personas, pero les cuentan cuentos para infantes, les hablan como a monos de felpa, organizan juegos sin desafíos, les piden que imiten sonidos de animales de granja, en vez de poesía les enseñan a mugir; yo no sé si son ellas las que atrofian a mi hijo y lo hacen babear. Las maestras no le permitirían cambiar un foco porque dicen que se electrocuta y ahora me entero de que usted quiere darle armas de fuego y órdenes militares y la posibilidad de matar al enemigo; un plan de ataque en vez de libros para colorear, una trinchera en lugar de almohadones. La mujer se acuclilla frente a Matus y le toma la mano izquierda. ¿Usted puede convertírmelo en un héroe? ¿Usted puede hacer que en cualquier plaza de Monterrey un día levanten una estatua en honor de Cerillo, una estatua de bronce o de mármol o de cualquier material incapaz de babear? Matus se acuclilla también y abraza a la señora. Su hijo es un héroe desde el momento en que decidió reclutarse, pero yo no tengo poder sobre las estatuas ni las plazas ni los nombres de las calles; yo ni siquiera puedo asegurarle que volvamos con vida, y en todo caso usted sabe que los héroes muertos son más grandes que los heridos y los heridos más grandes que los sanos y los sanos más grandes que quienes se quedaron en casa. Matus aprieta el abrazo y pregunta ¿usted lo quiere vivo? La mujer se suelta y da un salto hacia atrás, para caer de nuevo en el sillón. Claro que lo quiero vivo, no pensará que soy como la madre de Azucena que sueña con el día en que un auto acabe con ella, no piense que se lo estoy entregando para que en medio de la noche en cualquier descampado le pegue un tiro y luego me venga con el cuento de que Cerillo fue un gallardo soldado. Quiero que ahora mismo me jure algo. Matus sigue acuclillado cuando asiente. Júreme que si mi hijo regresa muerto, es porque murió peleando contra el enemigo, porque tenía un fusil en las manos y las manos ardientes de tanto disparo, porque dijo viva México antes de expirar en ese campo de batalla chorreado de sangre y por el que tanta tinta habrán de derramar diarios e historiadores y autores de libros de texto. Matus endereza las piernas y camina en torno a la sala. Si no estuviera hablando con una madre, me sentiría ofendido, pero imposible ser duro con las palabras que no brotan de la razón, así que le digo sí, señora, se lo juro, su hijo muere en el campo de batalla o regresa vivo, su hijo es destazado a sablazos o aplastado por un tanque o regresa sano, salvo y orgulloso; mas de una vez le advierto que sin duda habrá de perecer, pues el enemigo es cruel y numeroso y vengativo. Mis otros hijos se sienten superiores, dice la mujer, sacando buenas calificaciones, engordando a sus mujeres o contando su dinero, sin más servicio a la patria que pagar sus impuestos y votar cada seis años. Ninguno de ellos tendrá una estatua. Yo pensé que Cerillo sería cantante de ópera, para eso lo estaba adiestrando, y ahora me entero de que usted le da una oportunidad mayor para que haga algo glorioso con su vida. La mujer saca una cartera de su bolsillo y de ella extrae un retrato. Mire, es Cerillo. Sí, señora, lo conozco, a veces lo veo en el instituto. Mañana le voy a tomar muchas fotos, con distinta ropa, en distintas poses, también en postura militar, en posición de firmes o como si sostuviera un fusil o arrojara una granada, necesito una imagen que pueda usar el escultor; también una foto de Cerillo dormido para quien elabore su casquete mortuorio. Matus se acerca a la mujer y le besa la frente. Sáquele las fotos que quiera, pero a las once de la mañana debe estar en el instituto o nos iremos sin él. La toma del brazo para conducirla a la puerta. Ahí estará desde las ocho, como todos los días.

Cuando la mujer se ha marchado, Matus cierra la puerta con doble cerrojo y da un puñetazo a la pared.

Mañana es el gran día, dice Matus, y las tres botellas chocan para brindar. El dos de octubre de 1968 no se olvidará, y dentro de algunos años entrará en los libros de texto y no tendrán que echar a los profesores que hablen de la guerra contra los gringos, porque ahora se trata de una guerra memorable, y esos profesores de mañana exigirán a sus pupilos un ensayo sobre aquellos valientes y basarán la calificación tanto en la precisión histórica de los datos como en el tono épico de sus palabras; y los niños irán a la papelería a comprar estampas para sus tareas y dirán deme una del general Matus, otra del gordo Comodoro y una más de Cerillo, y las pegarán en su cuaderno, redactando abajo fechas de muerte y nacimiento y acciones gloriosas, porque las estampas son diversas, y antes la encargada le habrá preguntado al niño si quiere al gordo Comodoro de perfil o disparando contra el enemigo o en la trinchera o enarbolando la bandera mexicana, y por supuesto la estampa más popular es la de Comodoro con su carabina humeante, la cual explica en el reverso la cantidad de enemigos liquidados por su puntería, y asegura que los gringos lo apodaron el frijol invencible. En cambio, la estampa del gordo Comodoro con la bandera no tendrá tanta demanda en las papelerías, pues ya el libro de historia la llevará en su portada. Sí, señor, el día de mañana será recordado como la fecha en que un grupo de hombres bien fajados salió a ofrecer su vida para volver a llamar México lo que un día se llamó así. Comodoro regresa de la cocina con tres cervezas heladas; las coloca en la mesa y recoge los envases vacíos. Matus lo mira caminar de nuevo a la cocina y su entusiasmo se esfuma: no le parece el hombre de la estampa, no lo imagina con rifle ni con bandera ni, mucho menos, invencible. Santiago nota que el ambiente se ha desangelado. Se para sobre su silla, alza la botella y grita larga vida al ejército iluminado. Que viva, dice Román. Matus recupera la sonrisa; no el entusiasmo. De la cocina llega el sonido cristalino de las tres botellas al ser echadas en la basura. Santiago se apea de la silla y susurra para decir: aún estás a tiempo de cancelar todo, Matus, de buscarte otro empleo en otra escuela. Eso quisieras, eso quisieran los dos, verme derrotado, acobardado, igual a ustedes y al Arechavaleta. Santiago mira el reloj; es hora de marcharse. Sólo asegúrame que esta aventura la vas a correr por la patria, que no buscas una venganza por la medalla que te robaron los gringos. Matus da el trago final a su cerveza y la mirada se le pierde en las muescas que dejaron las tachuelas en la pared. Le parecen dos balazos.

Domingo trece de julio de 1924: otra fecha que Matus no habría de olvidar. El reloj de la catedral marca las siete cincuentainueve de la mañana y el programa olímpico dice que dentro de un minuto se dará en París el disparo de salida para los corredores del maratón. Un columnista del periódico local declaró en la edición del viernes que esa carrera era la prueba más difícil a la que podía enfrentarse no sólo un deportista, sino todo ser humano, pues a diferencia de otras que concluían en unos segundos o pocos minutos, ésta tomaba más de dos horas, por lo que sólo le iba a la zaga en duración a algunas pruebas ciclistas; los maratonistas, en cambio, no tenían sillines para descansar cuestabajo ni comían plátanos para apaciguar el hambre. La extenuante prueba del maratón, concluía el columnista, no es una competencia de velocidad sino de resistencia. Por suerte, el gobierno mexicano ingresó dos años atrás al sistema de husos horarios, y así Matus tiene la certeza de actuar simultáneamente con los corredores olímpicos. Voltea a los lados y le decepciona que no hayan aparecido ni Román ni Santiago, ni, por supuesto, Ibáñez, que desde un inicio se negó a participar. El reloj indica las ocho horas y, junto con la primera campanada, Matus dispara una bala al aire y echa a andar el cronómetro. Quiere que todo sea como en ese París lejano, al que no conoce salvo por un libro de fotografías en el que vio la torre Eiffel y otros monumentos. En las imágenes tomadas desde las alturas apreció que se trata de una ciudad plana, amable con los corredores; por eso eligió evitar las colinas de Monterrey, sus cerros, y buscar un tramo tan plano como una de esas fotografías, y para esto no hay mejor ruta que la vía del tren, en la que ya trabajaron ingenieros y obreros con el propósito de formar un recorrido sin ondulaciones. Y sin embargo Matus sabe que la igualdad es una quimera, pues en París los atletas habrán arrancado entre aplausos, mientras que en Monterrey la gente lo mira con burla. ¿A quién se le ocurre vestirse con pantalón corto de niño y soltar un disparo como a media borrachera? ¿Por qué corre? ¿De quién huye? Y habrá quien lo suponga un ladrón que pistola en mano amagó a un honesto hombre de empresa para robarle cuanto pudo, incluyendo esa bonita pieza hecha en Suiza.

El relojero le explicó que era uno de los aparatos más precisos que se habían construido, que ni siquiera el brincoteo de un caballo afectaba su cadencia, por eso era el preferido de los artilleros, los únicos dentro de un ejército para los que la precisión significa algo. Ese instrumento, cuando mucho, se desvía tres minutos al día. ¿Para arriba o para abajo?, preguntó Matus. El hombre se encogió de hombros. No puede saberse, dijo, pero como el clima de Monterrey es más caluroso que el de Suiza, suponemos que se atrasa. Matus lo pagó y le dio las gracias. No lo tranquilizaron las palabras del relojero; una desviación de tres minutos al día equivalía a un desajuste de casi veinte segundos en dos horas y media.

Avanza por la calle Zuazua hacia el norte; sabe que el primer kilómetro es difícil, las piernas aún no se desentumen y la mente reflexiona en el inmenso trecho que falta por recorrer. Desde la catedral hasta la estación del Golfo midió la distancia con una bicicleta, contando los giros de la rueda; a partir de la estación, los durmientes de las vías le dieron la medida exacta hasta completar los cuarentaidós kilómetros con ciento noventaicinco metros, poco más allá de Villa de García. Desea salir cuanto antes de Monterrey y correr en el descampado, donde no haya tránsito de automóviles, caballos, gente ni carretas, donde no haya imbéciles haciendo burla de su paso fugaz. Sólo a la altura de la calle Tapia agradece el peso muerto de la pistola, pues un ebrio se le para enfrente con los brazos abiertos. Matus le apunta a la cabeza y el ebrio se hace a un lado antes de que sus caminos se encuentren. Se oyen risas y algunos silbidos; también los insultos del ebrio. Mientras vigila a cada peatón, Matus piensa con envidia en los corredores de París, con la vía libre y oficiales que les cuidan la zancada, con un número al pecho y el escudo de su nación. Al llegar a Isaac Garza percibe el trote de un caballo a sus espaldas. Se me hizo tarde, dice Román al alcanzarlo. Me tienes corriendo con pistola, Matus habla de manera entrecortada, eso le da ventaja a los demás, y con mala suerte hasta me detiene un policía. Román extiende el brazo y recibe el arma. No es mi culpa, fue tu capricho de arrancar con un disparo cuando no hacía falta más que la manecilla de la catedral. Debe ser como en París, dice y jala aire antes de continuar, aunque aquí las muchachas en las banquetas no me lancen besos.

El periódico del sábado aseguraba que el favorito para ganar la prueba es un gringo llamado Clarence DeMar, y Matus no deja de imaginar frente a sí unas piernas blanquecinas, unos zapatos lustrosos que levantan el polvo que él debe sorber, un trasero orgulloso, una espalda muy derecha y un braceo de danzarín. Cuando esa espalda le gana distancia, Matus redobla su esfuerzo para alcanzarla. No importa que en ese momento las muchachas le lancen besos al gringo, que las putillas francesas se dejen seducir por un escudo con rayas y estrellas, más digno de un cabaret que de un país, no importa que el hombre corra sonriente y millonario, Matus piensa acecharlo toda la carrera, para al final rebasarlo con sus zancadas rápidas. Te espero en la meta, gringo de mierda, le dirá, y echará el remanente de sus fuerzas para desencantar a las parisinas, porque la corona de olivo y la medalla de oro serán para un apestoso mexicano sin un peso en el bolsillo, y a ver quién diablos viene a abrazarme, a besarme, a mojar su vestido dominical con mi sudor, a posar en la fotografía, a revolcarse en la cama con ese salvaje antillano o centroamericano o caribeño o dónde diablos queda México.

Llega a la estación del Golfo y a partir de ese punto toma la ruta de la vía de tren. Supone que los durmientes sumergidos en la tierra le dan al suelo una textura similar a la pista del estadio de Colombes, que los diarios describen como resistente y delicada, hecha con varias capas de escoria. Al pasar por Pino Suárez mira a su izquierda. Ahí está el arco de la Independencia, tal vez Clarence DeMar estará viendo el arco del Triunfo. Supone que aún se mantiene dentro del pelotón, rodeado por un grupo de corredores a los que llaman los finlandeses voladores; a su izquierda marchan dos ingleses y atrás, muy cerca, escucha las pisadas del resto, incluyendo al equipo francés y a un par de latinoamericanos, uno de Chile y el otro de Ecuador. ¿Cómo puedo vencer a unos enemigos invisibles que tal vez ya me sacan cien cuerpos de ventaja? No sabe si lleva el paso correcto, y opta por apurarlo un poco. Se ríe en sus adentros por la ignorancia del periodista que llamó al maratón prueba de resistencia. Eso equivaldría a correr hasta que todos menos uno caiga desfallecido y en ese caso Matus no tendría dudas de su victoria. Anda, Clarence, corre lo que quieras con tus zapatillas lustrosas, que yo estaré aquí, detrás de ti, sin dejarte ni a sol ni a sombra, hasta que al fin te desplomes; y sin embargo el maratón, como los cien metros planos, es una prueba de velocidad, hay que obtener el mayor cociente de distancia entre tiempo. ¿Cuál es la velocidad idónea?, se pregunta Matus incapaz de responderse. Si me excedo, a media ruta estaré demolido; y si aflojo, no me quedará ni el aplauso de una parisina solterona.

Hace una seña con la mano para que Román se le empareje con el caballo. Toma, le dice, y le da el cronómetro, tú encárgate. Aunque el relojero le aseguró que no habría problema, viene sacudiendo mucho los brazos en cada paso; el sudor moja el baño de oro, la carátula, y más vale asegurarse de mantener la precisión. A su espalda siente el aliento de un puñado de corredores; agiliza el paso hasta darse cuenta de que se trata de Santiago en su caballo, lamentándose, diciendo que a quién se le ocurre hacer estas carreras un domingo por la mañana bajo el sol de la canícula

Cuando faltan cinco minutos para las once Matus se recarga en la reja del instituto. Desde ahí vigila el auto que le prestó Román y que estacionó unos metros adelante, en la esquina, para asegurarse de que ningún vehículo le bloquee el paso. Nota que aún nadie lo espera y maldice su idea de suponer que los reclutas estarían listos antes de la hora indicada. Pasa una mujer que lo mira sin nada particular en los ojos, pero él está para desconfiar de cada viandante. Aunque no fuma, Matus quisiera un cigarrillo encendido entre sus dedos, así podría entretenerse en algo en vez de exhibirse como lo que es: un hombre que espera, y cualquiera puede preguntarse quién es, cuánto tiempo lleva ahí, cuánto le falta, si tiene una cita o solamente acecha; alguien podría llamar a la policía y acusarlo de toquetear a las niñas del instituto y todo se iría al carajo. En cambio nadie reflexiona sobre los fumadores en la calle, recargados en cualquier pared, con un pie en el suelo y el otro echado atrás; está fumando, se dicen los peatones, y no hay preguntas ni manera de recordar el rostro si la policía solicita un retrato hablado.

A falta de tabaco, de al menos un chicle para masticar sonoramente, escupe a su izquierda; le parece la actitud apropiada para darse a respetar por cualquiera que lo mire. Su saliva pinta en la banqueta una mancha oscura con forma de amiba, y Matus se cruza de brazos, satisfecho. Ya son las once y no hay rastro del gordo Comodoro ni de sus amigos.

Pasa una joven de aspecto secretarial. Varía un poco su ruta para no pisar el salivazo. Matus desea que acabe de evaporarse, sin embargo en su mente las amibas se multiplican. Luego de unos minutos, se acerca otro peatón, un hombre de saco sin corbata. Matus le pide un cigarrillo. El hombre no responde y se sigue de largo.

Comodoro es el primero en llegar. Menos mal, dice Matus, ya empezaba a sospechar que ninguno de ustedes sabía leer el reloj o que se habían acobardado. Los demás no deben demorarse, dice Comodoro con gesto de extrema formalidad; desea haberlo dicho con una boina negra y uniforme de camuflaje. ¿Y qué esperan? Es que nos pidieron pintar un paisaje y nadie quiere dejarlo a medias; el de Cerillo es un garabato; el de Ubaldo tiene montañas y un conejo, Ubaldo es un artista. No quiero pasar aquí mucho rato ni que nos vean hablando, así que voy a dar una vuelta a la manzana. Si ya están listos cuando pase de nuevo frente al instituto, me guiñas el ojo y yo les abro la reja. Advierte a tus amigos que van a salir caminando, en silencio, nada de gritos ni correteos que llamen la atención. Entendido, dice Comodoro, cambio y fuera. Matus mira el reloj e inicia su caminata, quiere medir el tiempo que le toma dar la vuelta a la manzana. Preferiría correr, mostrarles a esos muchachos que a su edad es capaz de realizar hazañas físicas, pero desiste al pensar que más tarde, apiñados en el auto, alguien comentaría que apesta a sudor de anciano. Al doblar en la primera esquina imagina a quince iluminados saliendo en fila india rumbo al automóvil. Habrá que hacinar a diez atrás y cinco adelante, no más, o me impedirían maniobrar el volante y oprimir los pedales, y tendré que evitar cualquier calle con semáforo porque si me toca en rojo será imposible no llamar la atención de quienes pasen por ahí. A alguien le parecerá gracioso tanta gente en un auto, a otro le parecerá sospechoso y anotará las placas. ¿Y si son más de quince? ¿Y si no caben siquiera los quince en el auto? Ahora la escena es la de Matus diciendo lo siento mucho a los dos o tres que no cupieron, es una puerta que se cierra a la fuerza y un auto que arranca desamparando los sueños de gloria de los rezagados, lléveme a mí, llora uno de ellos; alguien sugiere mejor echar a Cerillo por la borda y subir a cualquiera de esos dos o tres, y Matus se pregunta cuál es su responsabilidad primaria: cumplir con la misión o con la palabra que empeñó ante la madre de Cerillo. Suspira al reconocer que arrojaría a Cerillo por la ventana. Perdóname, alcanzaría a decirle, la patria va antes que tu estatua, y mi deber, antes que mi palabra, y siempre cabe mentirle a tu madre, decirle que moriste luchando, no al ser arrojado por la ventanilla de un auto en marcha, sin que jamás se supiera si perdiste la vida al chocar contra el pavimento o cuando el ruta uno te pasó por encima. Al dar la vuelta en la última esquina y enfilar hacia el instituto reconoce el brazo del gordo Comodoro ondeando por entre los barrotes de la reja. Apura el paso y, tan pronto llega, le suelta un manotazo. Te dije que me guiñaras un ojo. Comodoro observa su carne enrojecida por el golpe. ¿Listos?, susurra Matus, dando la espalda al instituto, recargado en la reja como fumador, asegurándose de que no haya testigos en la calle. Listos. ¿Cuántos son? Contándome a mí, somos seis. ¿Sólo seis? ¿Hacen falta más? Matus quita el pasador a la reja y camina delante de ellos hacia el auto; abre la portezuela trasera y de inmediato la delantera. No mira a su espalda para confirmar si el último cerró la reja; sólo se sienta ante el volante y espera la señal. Primero van Ubaldo y el Milagro, entre ambos llevan a Cerillo en vilo; los sigue Azucena y, al final, el gordo Comodoro, todos con sus respectivas mochilas. Matus da vuelta a la llave del encendido. Ubaldo sabe que en los casos apremiantes las máquinas no responden, hay que hacer tres o cuatro intentos mientras el enemigo se acerca cada vez más, pero esta vez el motor enciende de inmediato y no ve a ninguna maestra del instituto corriendo detrás de ellos. Ya estamos todos, dice Comodoro desde el asiento trasero y, en el momento en que el auto inicia su avance por la calle Hidalgo, se da una pequeña celebración con risas y aplausos. A tres cuadras de ahí, al pasar frente a la que fuera su escuela, Matus masculla un insulto para el director y, sobre todo, para Arechavaleta.

El gordo Comodoro no se siente a gusto en el asiento posterior; no es correcto que lo traten como a uno más cuando fue él quien se encargó de reclutar voluntarios, de informarle a sus compañeros que su deber era combatir al enemigo. No, señor, a mí me toca el asiento delantero. Se deshace de la mochila y, luego de forcejear un rato con su peso y desoír las órdenes de Matus para que se estuviera quieto, justo cuando está por salvar la barrera, el auto frena en un crucero. La inercia lleva a Comodoro a caer y golpearse con el tablero. Pronto le asoma un hilo de sangre por la nariz. Aunque entre los reclutas quiere brotar la risa, guardan silencio porque han descubierto la impaciencia en el rostro de Matus.

Recorren la calle Hidalgo y luego tuercen por Cuauhtémoc hacia el norte. No es sino hasta que toman la carretera a Laredo que Matus se tranquiliza y deja de ver en cada automóvil un posible perseguidor. Entonces le da un pañuelo a Comodoro, que aún lidia con su nariz goteante. Toma, le dice, tápate el hoyo con esto y echa la cabeza para atrás.

¿A qué hora vamos a llegar?, pregunta Azucena. Matus reconoce la voz y mueve el retrovisor para examinar el asiento trasero. La descubre en el extremo derecho, mirando por la ventana. El auto baja la velocidad y se estaciona en un descampado a la derecha de la carretera. Matus descansa la frente sobre el volante; da la apariencia de estar exhausto, de haberse quedado dormido. Una mujer, dice quedamente; hay que regresar al instituto.

Sentado en el retrete, Caralampio percibe los susurros que entran por la ventana, y aunque reconoce la voz de Comodoro no alcanza a distinguir lo que dice; luego oye unos pasos apresurados, la reja que se abre y se cierra discretamente. No, dice para sí, no, por favor, y busca el rollo de papel sanitario. Al no verlo en su sitio, supone que estará a su espalda, sobre el tanque, pero ante las circunstancias le parece un lujo usarlo; se pone en pie y apenas iza calzones y pantalón a la altura de los muslos, lo suficiente para echarse a correr al patio. Lo encuentra vacío y silencioso. Soldado Caralampio, pasa lista, y él mismo responde en tono marcial: presente. Se precipita hacia la reja, se asoma a la calle y no ve a ninguno de sus amigos. Por un momento suelta el pantalón para quitarse el sudor de la frente; se agacha y lo alza de nuevo hasta los muslos. Ahora corre al salón y echa un vistazo a los bancos. Nota que algunos lugares están vacíos. ¿Dónde está Comodoro?, dice con voz palpitante, Comodoro, ¿dónde estás? La profesora lo amonesta. Súbete esos pantalones, le dice, y ordena a todos que cierren los ojos. Caralampio no atiende, ¿dónde están Azucena, Ubaldo, Cerillo, el Milagro?, va al centro del patio y mira los alrededores sin distinguir a ninguno de los que habían alzado la mano tras el discurso de Comodoro; comprende que lo han abandonado, que la gloria se le fue en un parpadeo, en un vaciado de entrañas; el bote partió dejando en puerto su más valiosa carga. Se mira en el reflejo de un cristal y opta por cerrar los ojos como no los han cerrado los alumnos que ahora derraman sus risas por todo el instituto. Caralampio llora, sabe que nadie lo recordará por su bravura en la batalla sino por la ocasión en que quedó tieso en medio del patio, con los pantalones cayendo poco a poco hasta fruncirse en los tobillos, la camiseta liada al nivel del ombligo, el miembro goteante. Claro que me acuerdo de Caralampio, el llorón de los calzones percudidos. Y no le sirve siquiera de consuelo que la directora lo tome de los cabellos y lo conduzca a la oficina para encerrarlo, y que toda la atención gire en torno al asunto que la sicóloga habrá de llamar exhibicionismo puro, y por lo mismo ninguna de las maestras se dará cuenta de la ausencia de los otros cinco, hasta que llegue la madre de Ubaldo alrededor de la una y cuarto y pregunte ¿dónde está mi hijo?

Lo que importa es el valor, la decisión, la capacidad militar, la puntería; y como general nuestro usted no debe olvidarlo, es improcedente desechar a uno de sus soldados sólo porque un día tuvo el sueño de ser princesa. Mírela bien, trae pantalones como todos nosotros, y si no le sale bigote, ¿qué más da?, tampoco al resto de la tropa. Por si fuera poco, los miembros de su ejército juramos tratarla como a un igual, sin que nuestras manos vayan a sus carnes, sin que nuestra hombría se torne enhiesta, y con ella no se conversará de otro amor que del patrio, o acaso del fraternal, entre camaradas. Y he aquí que le daremos una demostración de la valía de Azucena como parte de nuestro equipo. El gordo Comodoro se inclina para tomar una lata vacía de cerveza, arrojada desde algún vehículo a la orilla de la carretera; la desempolva, ahuyenta a los bichos que viven dentro, y la coloca sobre una roca. Azucena, grita Comodoro, enséñale al general Matus de lo que eres capaz. Ella observa nerviosa, con los ojos lacrimosos, sin saber qué hacer. Toma una piedra, le dice Comodoro, y ahora imagina que esa lata es justo el punto donde termina la nariz y comienza la frente de un gringo, todos estamos indefensos, y ese hombre se acerca con su bayoneta a destriparnos. Azucena explora el suelo hasta dar con una piedra redonda; la siente cómoda en su mano, su peso le parece ideal para descalabrar a un contrario. Diez pasos la separan de la lata de cerveza, diez pasos de aquí a la gloria, la distancia entre volver a casa y cruzar la frontera. Azucena, Comodoro clama, hay un enemigo frente a ti, mi rifle se atascó, el de Ubaldo agotó las balas, Cerillo se quedó dormido, el Milagro está sumido en un ataque de temblores, sólo tú puedes salvarnos; acaba con el gringo de ojo verde y cara de imbécil, y consérvanos la vida que a punto estamos de perder. Azucena no duda de su capacidad para golpear una lata de cerveza, lo ha hecho en el lote baldío junto a su casa, pero ahora hace falta más que buen tino; necesita aplomo, descubrir el momento justo en que ha de disparar porque el blanco es móvil. Anda, Azucena, sálvanos y sálvate a ti misma. Por la carretera pasa un camión a toda velocidad y la corriente de aire levanta un nubarrón de polvo. Comodoro gime y se agazapa porque ve que el gringo se dirige a él, lo tiene a unos pasos y es cuestión de segundos para sentir la bayoneta en su vientre. Rápido, Azucena, tu indecisión es mi muerte, susurra Comodoro; y el metal desgarra carne, penetra la capa de grasa. El gringo sabe que necesita encajarla al menos diez veces si pretende acabar con ese mexicano tan correoso; clava y desclava la bayoneta en un movimiento de batir mantequilla. Comodoro no puede incorporarse para luchar, así es que se extiende en el suelo y gira sobre su eje cuesta abajo, hacia la carretera, y el gringo lo sigue y hunde su filo una vez y otra en la blandura y blancura del cuerpo que pide piedad o un tiro en la nuca, por favor. Haz algo, Azucena, me estoy desangrando. Ella al fin se decide, echa el brazo hacia atrás y lanza el proyectil tratando de imitar a un beisbolista. Muere, infeliz, dice en el instante en que libera la mortal piedra. Ésta sale hacia la izquierda de su objetivo, no es una línea recta sino una parábola muy pronunciada que acaba por golpear unos matorrales. La lata luce intacta y Comodoro cierra los ojos; ya no defiende su vida, sólo alcanza a pedir que lo entierren en Monterrey, en el panteón de Dolores, no dejen que mi cadáver se pudra en Texas, entre centros comerciales y pozos petroleros, comido por esos gusanos impíos y verdes que se dan en tierras enemigas; dejen que Azucena cargue con los gastos de traslado. Ubaldo se acerca al cuerpo. Ha muerto, dice, era un hombre de bien, y ahora es una masa muy pesada para llevarla hasta Monterrey. Fue mi culpa, dice Azucena, y el grupo se reúne en torno al difunto. Así es la guerra, agrega el Milagro, muere gente, pero no es culpa de nadie, ni siquiera del gringo que lo mató. Ubaldo toma a Comodoro de los tobillos e intenta arrastrarlo; desiste al advertir que le palpitan las venas en la frente. Mejor hay que enterrarlo aquí, dice, marcamos bien el punto, no se nos vaya a perder, y dentro de un año, cuando quepa en una bolsa de mandado, volvemos por él. Comodoro abre los ojos, molesto. Acaten mi última voluntad, ésa no se le niega a nadie. Matus toma una piedra y la lanza hacia la lata; también falla. Azucena va hacia él y lo toma del brazo. Si todos vamos dispuestos a derramar nuestra sangre, qué mejor que alguien instruida para derramarla cada mes. Matus respira profundamente, se siente feliz, eso es lo que necesita: gente decidida, con agallas, muy distinta a sus maricones alumnos que lo acusan con sus padres. No habrá trato preferencial, dice; y Azucena asiente y responde que no esperaba otra cosa, salvo a la hora de ir al baño. Van de nuevo hacia el auto. En el asiento de atrás Cerillo los espera dormido, con el rostro de quien sueña nubes y balones flamantes, con los brazos cruzados, la boca abierta y un hilo de baba del labio al pecho.

Tras recorrer por más de media hora un camino sin pavimento, Matus estaciona el auto junto a un corral y hace sonar la bocina. Un par de gallinas corre en desbandada, otras permanecen inmóviles o picoteando su alimento. ¿Dónde estamos?, pregunta Comodoro. Un hombre sale de la casa contigua, alza los brazos en señal de saludo y pronuncia frases que resultan inaudibles al interior del auto. ¿Es amigo o enemigo?, el Milagro saca la cabeza por la ventanilla. Estamos en nuestro campo de adiestramiento, dice Matus, de aquí saldrán hechos soldados al servicio de la patria, guerreros en mente, alma y cuerpo. ¿Nos sacó del instituto para darnos más lecciones?, pregunta Ubaldo, a mí présteme un obús para comenzar a disparar, no quiero colorear soldados ni recitar rimas a la guerra. La valentía es la cualidad primera de todo combatiente, dice Matus, y ya la demostraron de sobra con el simple hecho de estar aquí. Ahora sepan que de nada sirve el valor sin puntería, sin táctica, sin ética, sin supervivencia. A pesar de que el auto se ha vuelto un horno desde que se detuvo bajo el sol, nadie lo abandona mientras Matus dice que no deben sorprenderse al escuchar la palabra ética. Sí, muchachos, ya tendrán tiempo de memorizar y juramentar el manifiesto del soldado, una lista de preceptos que le dan bondad al acto de matar, de modo que ni nuestra conciencia ni la santa madre iglesia puedan hacernos algún reclamo. Comodoro quiere prestar atención al discurso de Matus, pero no puede. Desde que escuchó la palabra adiestramiento, le asalta la imagen de sí mismo, vestido de ballet, sudoroso, corriendo interminables vueltas alrededor de una plaza; los paseantes llevan varas con las que lo golpean cada vez que afloja el paso. Ándale, gordo, te faltan cien vueltas.

Azucena interrumpe a Matus cuando él está por pronunciar el primer precepto del manifiesto. Hay que buscar una sombra, dice, el pobre de Cerillo está muy asoleado. Matus concede, de acuerdo, se merecen una limonada bien fría, y todos bajan del auto y avanzan hacia el hombre que no ha dejado de saludar con los brazos en alto. Entran en la casa y se dan cuenta de que, efectivamente, sobre la mesa hay una jarra de limonada con hielos tintineantes. El hombre les da la bienvenida, sólo saluda a Comodoro por su nombre, y toma la jarra para servir el líquido en vasos de aluminio. Salvo Cerillo, los demás eligen la descortesía de negarse a beber, de decir que prefieren agua, pues les parece una bebida más acorde con un soldado.

Si en aquellos días alguien caminaba por la calle Hidalgo hacia el oriente, tomando como punto de partida el instituto del gordo Comodoro, se toparía con cuatro escuelas en un trecho de cinco cuadras: el Colegio Francomexicano, la Escuela Serafín Peña, el Colegio Panamericano y el Instituto Americano de Monterrey. Matus laboró en la primera de ellas, ubicada en Hidalgo poniente 856.

En los anuarios previos al periodo escolar 1968-69, aparece el profesor Matus como titular de distintos grupos. Una de estas fotografías está tomada dentro del salón, y en la pared del fondo se distingue un grabado del aparato digestivo y el mapa antiguo de la república mexicana. En el anuario del periodo escolar 1968-69, en el grupo B de sexto grado, ya para entonces a cargo de la profesora Domínguez, puede verse a un alumno de apellido Arechavaleta. La fotografía muestra a un niño de cabello corto engominado y mirada altiva, poco querible, si se juzga sólo por la imagen, pese a que el lustre en su forma de llevar el saco y la corbata lo hace sobresalir entre los demás. El mismo anuario informa que el director de aquella época era Juan Francisco Hinojosa, conocido simplemente como el hermano Francisco, quien habría de morir en 1981 en Guadalajara.

En el 2005 el colegio cumplió cien años de existencia, y en el festejo de aniversario se pudo localizar a cuatro alumnos del sexto B de 1968. Tres de ellos comentaron generalidades sin importancia sobre Matus, y cayeron en contradicciones, tal vez confundiéndolo con otro profesor. El olvido es natural, si tomamos en cuenta que apenas lo tuvieron como titular durante un mes, pues sin duda lo echaron de la escuela en los últimos días de septiembre. Sólo uno de ellos recordó la exaltación de Matus cuando hablaba de la guerra contra los Estados Unidos. Creo que se jubiló, dijo, ya estaba viejo.

¿Saben qué es esto? Matus sostiene un rifle antiguo, se nota la edad en el desgaste de la culata y la opacidad del metal, que incluso muestra óxido en el cañón. Los iluminados se alternan miradas que eventualmente aterrizan en Ubaldo para indicarle que él debe responder. Brínquese la primera lección, dice, y vamos a disparar porque la guerra no es teoría sino práctica. Comodoro le da una palmada en la espalda, le agradece la respuesta. Yo estaba dudando si era escopeta o carabina o si son lo mismo. Matus baja el arma y hurga en la cantina de Ibáñez hasta dar con la botella que le parece de mayor precio: un brandy español. Esto vale más que la vida de un gringo. Sale al descampado seguido por los iluminados y coloca la botella sobre una barda baja hecha con lajas. Ahora no arrojaremos piedras sino balas. ¿Quién quiere ser el primero? Cuatro levantan la mano y dicen yo, Cerillo sonríe y da un paso al frente. Matus ve mayor decisión en ese paso que en los brazos alzados, así que elige a Cerillo. Le pide que se tienda en el suelo y explica la importancia de no alzar mucho la cabeza para no atravesarla en el camino del fuego enemigo, además la puntería mejora si apoyan arma y brazos en el suelo. Para cuando termina de explicar el modo de alinear la mira, Cerillo se ha quedado dormido. Matus le da una patada en el costado. Un soldado dormido es un soldado muerto, porque lo elimina el enemigo o lo manda fusilar su superior. Apunta y dispara, tienes tres oportunidades, si te funciona la vista y al menos un dedo, lo puedes hacer. Con los ojos llorosos por el dolor del puntapié Cerillo palpa el gatillo con el índice. Alerta, compañero, dice Ubaldo, que el brandy brincó la barda y se acerca a ti; viene bien pertrechado, con un uniforme abigarrado para perderse en la vegetación, pero que aquí en el desierto lo hace más llamativo, así que no tienes excusa para fallar como lo hizo Azucena con la piedra. A la espalda lleva un par de tanques y su arma muestra una lengua de fuego. Es un enfrentamiento disparejo, dice el Milagro, yo con gusto cambio el rifle por el lanzallamas y hasta ofrezco unas monedas. Dispara, grita Azucena, te van a matar. Cerillo hace su primer disparo y la bala se pierde en el paisaje. Imbécil, dice Ubaldo, nunca escuches a las mujeres, por muy agazapado que estés en el suelo ya revelaste tu posición, te queda muy poco tiempo antes de verte envuelto en llamas. De inmediato se escuchan otros dos disparos y la botella de brandy permanece incólume y malévola sobre las lajas. El enemigo lanza su chisguete de petróleo encendido y Cerillo agacha la cabeza y cesa todo movimiento. Ayúdenlo, grita Azucena, y se arroja sobre él hasta ahogar las llamas. El día de hoy nos hemos topado con dos gringos, el Milagro patea a una gallina para descargar su rabia, y ambos nos han vencido. ¿Está muerto?, pregunta Ubaldo. Comodoro examina a Cerillo con asco y comprueba que aún respira. Qué infortunio, dice, su rostro quedará por siempre desfigurado. No importa, dice el Milagro, la guerra no es concurso de belleza. Claro que no, Azucena lo ayuda a incorporarse, le desempolva el traje blanco, pero tal vez el hombre sobreviva y vuelva a casa, y aunque la historia le dé un sitio de privilegio, las mujeres bajarán la mirada a su paso y él no conocerá otro amor que el de su madre.

Comodoro toma el rifle y dice que es su turno. Sabe que debe eliminar al enemigo porque él no tendría tanta suerte como Cerillo; él de inmediato se volvería una ardiente bola de grasa sin un voluntario que se ofrezca a apagarla; su destino sería tan indigno como el de la mujer de los pepinos, o peor, porque esa noche sus amigos la pasarían asando salchichas y cantando en torno a la inextinguible fogata de su cuerpo.

Matus siente alivio cuando ve que Comodoro falla su primer tiro, y siente deseos de verlo fracasar en sus restantes dos intentos; ruega por el fracaso de Azucena, Ubaldo y el Milagro, porque en ese instante nada le apetece más que prenderse del pico de la botella y jugar con sus amigos la última partida de dominó.

Sin duda es la última vez que estaremos juntos, dice Matus, y da palmadas en la espalda a Ibáñez y a Román; a Santiago lo tiene al frente, así que sólo le dedica una sonrisa. Sobre la mesa se yergue la botella medio llena de brandy que sobrevivió a las balas; hay cuatro vasos, ceniceros con colillas humeantes, cubos de hielo en una vasija y, al centro, se despliega la caja de madera con las piezas de dominó. Ibáñez hace pareja con Román. Santiago chupa su cigarro y comienza a deslizar la tapa de la caja. Tan pronto queda abierta resulta obvio que falta una pieza. Román bebe el remanente de su vaso y se pone de pie. Bonita última partida, dice, para eso no hacía falta venir tan lejos. Comodoro ha estado mirando a los señores desde un rincón, esperando el momento en que Matus grite su nombre. Le extraña escuchar, en cambio, una voz serena. ¿Dónde está, gordito? Él clava las manos en los bolsillos del pantalón y con la izquierda acaricia a la inmaculada.

No lo sé, responde, yo guardé todas las piezas. En otras circunstancias la hubiera devuelto; ahora no puede, va a la guerra y necesita encomendarse a alguien. Matus da un trago de brandy y va hacia Comodoro, arrinconado y nervioso. Azucena se apresura a interponerse entre ambos. No toque al muchacho. Ubaldo irrumpe en la escena y dice que nada tiene en contra de que el gordo sufra una tunda. Lo que me preocupa es que Matus no guarde una estrategia alternativa. Falta una pieza, ¿y qué? Sólo es un soldado que cayó muerto de malaria antes de la batalla; habrá que arreglárselas sin él. Camina alrededor de la mesa con las manos tomadas por la espalda. Asegúreme que no es usted así en las batallas verdaderas, que no firmará el armisticio a la primera gota de sangre derramada, que sabe jugar lo mismo con veintiocho que con menos piezas. En las batallas me basto solo, dice Matus por soltar una frase bravucona, porque no acepta que ese impertinente lo hostigue, pero ahora haz favor de explicarnos cómo se juega sin una pieza. Ubaldo pide a Ibáñez y a Santiago que cedan sus sitios a los iluminados, de manera que las parejas quedan formadas por Comodoro y el Milagro la primera, por Azucena y Cerillo la segunda. Derrama las fichas sobre la mesa y las revuelve. Yo aprendí a contar con este juego, dice Ubaldo, primero hasta el seis, luego hasta el veintiocho, y al final, contando cada punto negro, llegué hasta el ciento sesentaiocho. Nadie en el instituto ha logrado esa hazaña. Comodoro alza las cejas, asombrado; Azucena se descalza para frotarle los pies por debajo de la mesa; el Milagro dice que hubo un tiempo en que a él se le daban los números por cientos y por miles, e incluso en otro idioma, y asegura que muy pronto habrá de recuperar el don de las matemáticas. Sí, señores, otra vez podré calcular el precio de una docena de huevos si cada uno cuesta cincuenta centavos. Lo juro. Ubaldo pide a los señores que tomen las piezas para cada jugador. Así lo hacen y, tras la repartición, Cerillo sólo tiene seis. No se inquieten, amigos, es cuestión de imaginar que llegaron tarde a la partida y Cerillo ya colocó la primera pieza. ¿Pueden descubrir cuál fue? Los señores revisan las piezas y es Matus quien habla. Debí imaginarlo. El Milagro se halla a la derecha de Cerillo; es su turno. Los cuatro señores examinan sus piezas y saben que no hay alternativa: colocan la blanca-cinco. Ahora miran las de Azucena y de manera unánime eligen la mula de cincos; y así continúan jugando la partida de los iluminados. Cuando no hay alternativa, colocan la única pieza admisible o pasan; cuando deben elegir, invariablemente coinciden en la jugada que debe hacerse. Esto los enorgullece. Se nota que somos expertos, dice Román al terminar la partida, los cuatro tomamos las mismas decisiones. El resultado da como ganador a Cerillo, que no despierta sino hasta que Azucena lo abraza. Ganamos, le dice entre besos, eres un genio. Podemos quitar más piezas, dice Ubaldo, y el juego es el mismo, sólo imaginen que llegaron aun más tarde a la partida. Me aburre, dice Santiago y comienza a beber. Con cuatro jugadores bastan cuatro piezas, continúa Ubaldo, y sólo es necesario sumar los puntos negros; el que tenga más, gana. Eso ya es otro juego, dice Román. Es el mismo, no se gana más ni se pierde menos, Ubaldo amasa las fichas sobre la mesa, acaso se ahorra tiempo. Azucena continúa feliz, abrazada a Cerillo. Hace tiempo que no ganaba nada, lo besa en la frente, la última vez fue cuando hallé las vocales escondidas. Matus sale a tomar el fresco. Mientras observa el cielo negro comprende que entre Ubaldo y Comodoro lo despojaron de buena parte de su vida. Se encoge de hombros. Tal vez no importe, se dice, sin duda ésta hubiera sido de cualquier modo mi última partida; con piezas de más o de menos ya no podré jugar si un gringo me mete una bala en el cerebro.

Despierten, soldados, es hora de partir. Comodoro abre un ojo y ve que por la ventana no entra luz. La oscuridad no puede ser hora de despertar ni hora de irse a ningún sitio, la oscuridad es sólo para morir en el sueño si uno es un anciano, y yo aún disto de serlo. Gira sobre la colchoneta y pronto vuelve a quedarse dormido. Ubaldo salta de la cama y pregunta a Matus si desea que se encargue de espolear a los demás, aunque él ha visto que la tropa siempre despierta con un clarín que se toca afuera de las barracas, en una colina donde apenas se percibe la silueta del clarinista. No tenemos clarín ni tambor ni pandereta, así que grítales al oído, sacúdelos y estírales los pies; los quiero en diez minutos en el comedor porque se les va a enfriar el desayuno.

Ubaldo hace un buen trabajo, pues antes de diez minutos están todos sentados a la mesa, debidamente vestidos, excepto Comodoro, a quien la fuerza de la costumbre lo hizo presentarse en calzoncillos. Advierte su error porque Azucena no ha probado bocado y sólo se dedica a mirarlo. Está bien, dice, pero nadie toque mi desayuno. Regresa a la recámara y encuentra su ropa regada por el suelo. Se la había quitado con prisa para ganar la mejor cama, una alta de grueso colchón, respaldo de madera y colcha de lana. Su esfuerzo resultó inútil porque, ya acomodado y ensabanado, sus compañeros insistieron en que ésa debía ser la cama de Cerillo; los demás podían acomodarse en las colchonetas que Ibáñez había dispuesto en el suelo, y para Azucena estaba el sofá de la sala. De mala gana Comodoro se echó sobre una de las colchonetas y ahí, antes de que la luz se apagara, con el rostro al ras del piso, alcanzó a ver bajo la cama un par de botas negras de hule. Tardó en conciliar el sueño mientras rogaba que fueran de su medida. Se vio corriendo por todos los campos de batalla del mundo, rechinando cada paso sintético, derrotando por igual a soldados armados con fusil, espada o cimitarra. Entre Matus y Azucena le pusieron a Cerillo su piyama amarilla de algodón, y ella le susurró una tonada hasta asegurarse de que dormía serenamente.

Comodoro se viste con prisa, pues sabe que es un riesgo abandonar un plato de huevos con jamón cerca de sus compañeros; alguien puede vaciarle un salero, escupirle o, peor aún, comérselo. Calcetines grises, camisa azul y pantalón café bien ajustado con cinto de gruesa hebilla a medio camino entre ombligo y tetillas. A la hora de los zapatos mete la mano bajo la cama y extrae las botas: reluciente hule por fuera e interior forrado con gasa blanca; un relieve sintético simula costuras y punteras. Comodoro se santigua y mete los pies. Le quedan holgadas; nada que no pueda resolverse con triple calcetín. Va al espejo y admira su porte caballerango; tiene la certeza de que esas botas hasta la rodilla lo han vuelto un hombre diferente, digno de cruzar los brazos y hacer que todos guarden silencio porque es probable que tenga algo que decir. Damas y caballeros, diría Comodoro con voz grave, y se pondría a caminar en círculos para que el público admirara la elegancia en sus pasos, la hombría en el andar. Damas y caballeros, dice Comodoro, y cruza los brazos ante el espejo y ha de guardar silencio, lo mismo que su audiencia, puesto que mucho vale la expectativa, y poco las palabras.

Vuelve a la mesa y se engolfa el desayuno a las prisas porque el comedor está vacío y afuera se escucha algarabía y un grito de vámonos. Al salir descubre a sus amigos sobre una carreta. Matus le da un fustazo a la mula y ésta comienza a caminar. Comodoro corre hacia ellos torpemente, con el rostro colorado y un trozo de jamón aún entre los dientes; acepta las manos de Azucena y de Ubaldo, que lo ayudan a montarse en el vehículo. Se tumba junto a Cerillo, junto a las mochilas y varios rifles envueltos con cobijas de lana. Recuesta la cabeza sobre un saco con frutas y otros víveres. Con cada giro las ruedas reducen su rechinido hasta apagarlo por completo. Comodoro supone que de no haber sido por sus botas de hule, jamás le habría dado alcance a la carreta. Pensé que iríamos en el coche, dice cuando recupera el aliento, o en autobús o en tren, los ejércitos viajan en trenes de carga. Ubaldo asiente sin decir nada, y a pesar de que aún no acaba de amanecer, Comodoro descubre rabia y decepción en su semblante.

En la mochila de Comodoro hay hojas en blanco y un bolígrafo porque piensa pedirle a Azucena que le escriba una carta, pues ningún soldado debe ir al frente sin cartas de su amada; lleva también cuatro pares de calcetines y cinco calzoncillos blancos, que si se suman a los que trae puestos hacen siete y seis, respectivamente, pues ya se puso el triple calcetín para ajustar las botas. La mochila de Comodoro no es verde militar, ni simula hojas para camuflarse en la selva ni arena para mimetizarse con el desierto; es de cuero grueso teñido de azul, con un compartimiento grande planeado para cargar con cuadernos y libros de texto, y dos casillas exteriores, en las que pueden guardase plumas, lápices, borradores, compás, transportador y chicles. Una etiqueta saliente de un extremo dice Mochilas Finas O'Brien, modelo olímpico, hecho en México, cien por ciento piel de vaca. A falta de libros de texto Comodoro lleva la caja de gelatina verde y los dos pepinos; sabe que la gelatina da energía y que los pepinos pueden comerse como sustituto de agua al atravesar un desierto, aunque desea guardar al menos uno para el momento de su muerte. Cuando la inmaculada no se halla en algún bolsillo del pantalón, viaja cómodamente en la casilla derecha, porque en la izquierda Comodoro lleva dinero, algunos pocos billetes y monedas que ha ahorrado, incluyendo una moneda conmemorativa de los juegos olímpicos, de veinticinco pesos. La carga por si alguna emergencia, pues no tiene intención de gastarla; se ha encariñado con el indio de museo estampado en ella, bailando sobre cinco aros, con un objeto redondo en la mano que bien podría ser una granada. Si la bala que ha de matarlo no lo hace instantáneamente, se dará tiempo para extraer la carta de Azucena y recitar un verso amoroso, para luego cerrar el puño en torno al papel y avisarle al mundo que, muera de lo que uno muera, siempre se muere del corazón. Entonces morderá el pepino. Descansa en paz, Comodoro, tu viuda te recordará, tu viuda cobrará la herencia consistente en algo de ropa interior, botas de hule, algún dinero gastable y otro que deberá conservarse como recuerdo.

En la mochila Comodoro lleva más avíos. Antes de partir esa mañana al instituto revisó la casa para tomar todo aquello que le pareció útil. Una caja de cerillos para prender fuego a los campos de sorgo y a las ciudades que no se adhieran a la causa iluminada, o para calentar algún potaje en el campamento; una loción para después de afeitarse, aunque ahora ya no recuerda por qué le pareció útil cargar con ella; un juego de cubiertos, un paquete de cincuenta servilletas y una barra de jabón. Finalmente, para ocultar el contenido en caso de que alguien hurgara en su propiedad, colocó por encima, como techo de dos aguas, un libro cuya portada muestra a un pollo con cetro y corona. Lo había hurtado la tarde anterior del librero del instituto y, a juzgar por la ilustración, se trata de un cuento que les habían leído un mes antes y que a Cerillo le había gustado mucho.

La mochila de Azucena es rosa; muestra el dibujo de una rubia patinadora en hielo. Tiene empuñadura para llevarla de la mano y correa para colgársela en la espalda. Contiene una pluma punto fino, una caja de crayones y una barra de pan. A Azucena no se le ocurrió llevar al menos un cambio de ropa, al menos de ropa interior. Sí echó aguja e hilo por si cualquier rasgadura. Había echado una muñeca rígida, a no ser por su cabello sintético y porque cierra los ojos al acostarse, pero un comentario burlón de Comodoro hizo que la dejara en el instituto, en la repisa del salón. Ahora la extraña y le da rabia pensar que esté en manos ajenas. Imposible suponer que alguna compañera no se la haya robado. Lleva un sacapuntas, dos lápices y una pluma atómica; lleva una libreta de taquigrafía con sólo dos páginas escritas: la primera dice caballo, perro, gato, elefante; la segunda, con tinta verde, tiene escrito Comodoro es guapo, es guapo Comodoro, guapo es Comodoro, no mucho, no tanto, casi nada. Para el día de la batalla, Azucena tomó una caja de maquillaje de su madre. Si le llega la muerte, quiere yacer bella en el llano o en el piso de la fortificación, los labios bien rojos y largas pestañas postizas, la cara bien polveada para evitar reflejos indeseables en las fotografías, chapas coloridas para no parecer un cadáver, aunque de esto no está segura, pues un imbécil, creyéndola viva, podría darle un tiro de gracia que sólo sirva para desembellecer su estampa. Lleva también un perfume de azucenas, para ser lo único entre la devastación que no huela a carroña. Falta pedirle a Matus que le firme un aviso. En él solicitará al enemigo que, por muy atractiva que luzca, no se la lleven como trofeo, que por favor la despachen de vuelta a su tierra.

El Milagro no lleva nada digno de mencionarse en su mochila, sólo lo del diario, incluyendo la cáscara de un plátano que se comió antes de que Matus pasara por ellos.

Cerillo acostumbra llevar al instituto una bolsa tejida, casi femenina, que se cuelga al hombro con un grueso estambre y se cierra con un botón amarillo de plástico del tamaño de un peso. Él no le echó nada, de eso se encargó su madre. Lleva dos cartas dirigidas a Matus; una con indicación de abrirse lo antes posible, la otra aclara que debe leerse justo antes de la batalla. Matus no hará caso de la segunda instrucción y la abrirá a medio camino, en el instante en que le plazca. Lleva un cojín púrpura y una pequeña frazada, un libro de oraciones para niños, cepillo y pasta de dientes, peine y brillantina, un cambio de ropa idéntico al que trae puesto, quizás un poco más blanco, piyama amarilla, ropa interior, crema blanca para calzado, una botella de gárgaras sabor menta, agua de colonia, un rollo de papel sanitario y un cortaúñas, talco de bebé y pomada también para bebé. El único indicio de que la madre lo enviaba a la guerra fue un rollo de esparadrapo.

Sólo Ubaldo parece haberse dado cabal cuenta de su misión a la hora de llenar esa mañana su mochila. Él echó tres cuchillos para carne, dos agujas de tejer, un sacacorchos, una resortera, binoculares y un paquete de medio kilo de tachuelas, casi todas oxidadas. Sueña con el momento de ser perseguido por las hordas bárbaras del norte; arrojará las tachuelas a su paso y escuchará los gritos de esos hombres brincoteando en un pie. También echó un diccionario bilingüe previendo que hiciera falta para hacerse entender con el enemigo, en el cual, para su fácil consulta, subrayó palabras como rendición, fusilamiento, prisionero, tregua y amnistía.

Aunque para ser justos, se debe aclarar que Caralampio también estaba consciente de su misión. Además de un kilo de veneno para ratas, llevaba una pistola, la cual disparó al aire en medio del revuelo que se había armado en el instituto cuando al fin se percataron de la ausencia de cinco iluminados. Por eso la primera ocurrencia de la gente fue que Caralampio los había ejecutado, y buscaron los cuerpos en los baños y en la despensa y en el techo. La segunda ocurrencia, una vez pasado el susto del disparo, fue que Caralampio había amenazado a sus compañeros con matarlos, por lo que los cinco perdidos habrían huido del instituto. Así que no hay por qué alarmarse, será cuestión de unos minutos para encontrarlos a pocas cuadras de distancia.

Matus observa a sus cinco soldados; ya no le inquieta tener a una mujer en sus filas, ahora le preocupa la traza de Cerillo, ataviado todo de blanco, en pantalones cortos, medias justo abajo de la rodilla, camisa de encaje con cuello de holán y un corbatín celeste. Zapatos de charol. Vestido para una piñata del siglo xix o para ser sepultado en ese momento. Puedo pegarte un tiro ahora mismo en la cabeza, dice Matus, ponerte el cañón en la nuca y

decirte que reces un padrenuestro y asunto arreglado; la bala
entra y sale sin hacer batidero, y te regreso tieso a tu madre con
un recado que aclare que fuiste el más valiente de mis hombres,
mujeres y niños; puedo dejarte bajo la sombra de un árbol y nos
trepamos todos a la carreta y azuzo a la mula para que arranque;
la noche vendrá y tú aquí bien paradito, bien limpiecito y blanco
bajo la luna porque es una pena llevarte a una guerra en la que
puede ensuciarse tu ropa; puedo llevarte a la carretera y
depositarte en la orilla y no tardará una señora en pasar y llenarte
de besos y decir justo el niño que siempre quise tener, y te echará
en el auto y crecerás en medio de una familia aristócrata digna
de tu blusa de encaje, tomando té a la hora precisa y galletas que
se hacen polvo cuando las muerdes, y mucho cuidado con que al
niño le dé el sol porque se nos puede aindiar; puedo imaginar
muchas cosas pero no te imagino en un campo de lidia entre
bombardeos que salpican lodo, porque hasta Azucena se ve más
hombre que tú; ella dispara y tú cantas un villancico de niño de
Viena, ella encaja un puñal y tú te vendas los ojos y das tres vueltas
para luego ponerle la cola al burro, ella sangra y tú babeas. ¿Qué
clase de héroe quiere tu madre? ¿Un paladín que anuncia
detergente? No, Cerillo, te quiero vestido de otro modo; de un
modo que inspire temor o al menos respeto en el contrario. ¿Así
va siempre al instituto?, pregunta a los demás. No, dice Ubaldo,
esta vez vino de gala, y puede ser lo apropiado, según como cada
quien vea la guerra: si le ponemos un rifle en las manos se pierde
la armonía, pero si le damos una cabeza nuclear será la viva
imagen del serafín de la muerte. Vamos a ver si traes otra ropa,
dice Matus al tiempo que hurga en su mochila. Encuentra con
desagrado otro trajecito igual y todo un centro de higiene y belleza.
Toma las dos cartas y nota que van dirigidas a él, al honorable
general Matus. Se echa al bolsillo la que ha de abrirse antes de la
batalla, y rasga el otro sobre.

Matus deja las vías que van a Saltillo y tuerce a la derecha, por las que conducen a Piedras Negras. Sabe que le faltan siete kilómetros y trescientos metros, y que para tener oportunidad de ganar debía cruzar ese entronque antes de las dos horas. El zapato derecho viene molestándole desde que llegó a Villa de García, la cinta está floja y el vaivén del cuero en el ralo calcetín le ha provocado un corte sangrante a la altura del tobillo. Hace cuentas y concluye que ajustar el calzado le costaría veinte segundos; no puede darse ese lujo con Clarence DeMar bufándole a la espalda. Veinte segundos son cien metros o incluso más porque esos incidentes deben aprovecharse para acelerar el paso, para hacer que el contrincante tenga que cargar con su desánimo encima del cansancio. Que sangren mis pies, que las uñas se desencajen, que broten ampollas y callos y moretones, que mi cuerpo proteste cuanto quiera porque no lo voy a escuchar, así que no cantes victoria, Clarence, sigo junto a ti, paso a paso hasta reventarte.

¿Cuánto va?, pregunta en una exhalación. Román mira las manecillas y azuza al caballo para acercarse a Matus. Dos horas con tres minutos. Matus recibe la noticia con inquietud. Tres minutos sobre el presupuesto, eso equivale a Clarence DeMar vuelto una pequeña espalda, casi imperceptible de tan distante, muy seguro de alzar los brazos en victoria. Encima de todo Clarence goza de la brisa parisina que sale del río y se cuela por la múltiple vegetación. Allá pasa de las cinco de la tarde y el sol de canícula estará golpeando con fuerza. Acá son poco más de las diez de la mañana, aún no azota el calor, y sin embargo el sudor no acaba de brotar cuando ya es una mancha de sal en la piel. Matus acelera y su respiración se vuelve un lamento; se halla muy rígido, las manos van apretadas y los brazos se mueven con torpeza endurecida. El viento sopla y levanta el polvo que levantan Clarence DeMar, los finlandeses voladores y sabrá cuánto corredor más que no se comió esos tres minutos en la nada; el chileno Manuel Plaza sin duda está en el grupo porque los diarios aseguraron que tenía posibilidades de ganar una medalla y lo llamaron la esperanza latinoamericana. Aunque Matus lleva su esfuerzo al tope, para Santiago y Román es obvio que ha reducido la velocidad; ambos piensan que su amigo habrá de desplomarse en cualquier zancada. Santiago empareja su caballo y derrama el agua de la garrafa sobre la cabeza de Matus. ¿Vas a dejar que te gane un pinche gringo? El agua escurre fresca y salada e irrita los ojos. Las francesitas a lo largo del camino ya no aplauden, se cansaron de hacerlo con los primeros corredores, ésos de las naciones civilizadas; a Matus lo miran silenciosas, compasivas, porque el esfuerzo inútil inspira lástima. Es un mexicano, dice una, y otra comenta que los mexicanos huelen mal.

Pasan los minutos, quizá veinte, quizá media hora o más. Matus tiene sed; la boca se le ha vuelto grumosa, incapaz de escupir. El malestar de todo el cuerpo es tal, el fastidio es tal, que sería capaz de confesar un crimen. Sí, yo lo maté; no me hagan correr más, por favor. Y sin embargo continúa e imagina el estadio de Colombes, tiene la certeza de divisarlo allá donde la vía del tren dobla para evitar una colina y pasa sobre un puente que salva un arroyo sin nombre y sin agua. Entonces faltará dar una vuelta a la pista. Ahí están los fotógrafos y un juez que le dirá que lo importante es competir, que más le vale mostrar entereza hasta cruzar la meta o de lo contrario le mandará a dos buenos samaritanos para ayudarlo y de paso darle argumentos a los jueces para que lo descalifiquen, pero no se preocupe, señor Matus, por su esfuerzo le regalaremos un diploma firmado por el mismo barón de Coubertin, muchos son los llamados y sólo uno el ganador. Matus pisa mal sobre un durmiente y trastabilla. Retomar el ritmo le cuesta, no está seguro de poder seguir. La tortura continúa y él debe confesar. Yo lo maté, dice entre jadeos, lo maté para robarle su reloj suizo de alta precisión.

Estimado general Matus, le dirijo estas líneas para darle algunas recomendaciones con respecto a Cerillo; con esto no deseo importunarlo, mi propósito es que tenga en él a un combatiente siempre presto y motivado. Y como usted sabe que soldado sin buen dormir no es soldado alerta, le pido que por las noches lo arrope con su frazada y vigile que nunca olvide su cojín púrpura, pues no cualquier almohada le da reposo; ahuyéntele los mosquitos y use el agua de colonia como repelente. Pensé enviarle libros de cuentos, pero éstos resultan muy pesados y supongo que usted ha de conocer algunas historias dignas de ser relatadas; le pido que evite aquéllas donde aparezcan enanos, pues éstos le mantienen a Cerillo el ojo abierto hasta la madrugada. Únicamente anexé en su mochila un libro de oraciones; está ilustrado en color y puede resultar útil para levantar la moral de mi hijo o del resto de la tropa si la marcha se hace pesada. Pienso sobre todo en la página diecisiete. En cuanto a sus prendas, incluí un uniforme de repuesto y cinco juegos de ropa interior. Por favor revise que al menos cada dos días se cambie los calzoncillos. Hay que lavarlos con cloro, y preferentemente hervirlos de media hora a cuarenta minutos. Matus suspira y observa a Cerillo. El chico muestra una sonrisa resplandeciente mientras admira desde el pescante el contoneo de las ancas de la mula. No es bueno que coma picante, continúa la carta, y la carne hay que cortársela en trozos pequeños. Matus ya no prosigue, arroja las hojas sin siquiera tratar de imaginar lo que sigue. Tras pocas cabriolas en el aire, los papeles aterrizan entre la hierba.

Comodoro y Azucena van sentados en el canto de la caja, las piernas pataleando el vacío. Miran las hojas que quedan atrás, moviéndose ligeramente con el viento. Tu acta de defunción, dice Comodoro. Sí, remata Azucena, yo fui una gran dama.

La carreta se detiene junto a un camino vecinal. Al fondo se distinguen luces intermitentes de colores. Matus da la vuelta para hablar con su adormilado cargamento. Desde la época de los romanos es una ley militar que todo soldado beba, baile y se refocile antes de entrar en batalla, eso provoca que, en caso de muerte, se parta con la sensación de que la vida no fue en balde, pero sobre todo inyecta un enorme deseo de vivir, el cual se vuelve enjundia a la hora de luchar. El alcohol es el tónico de los guerreros, la poción del buen morir. Matus los mira tallarse los ojos, bostezar, rascarse la entrepierna, y sabe que le costará trabajo hacer de ellos unos soldados efectivos, porque los muchachos siempre han perdido las guerras. Son los hombres hechos y derechos, aquellos que tienen una mujer esperando su regreso, los únicos capaces de acabar con el rival, pues a fin de cuentas, las guerras no se ganan por la patria, sino por la mujer que dejamos en casa, y tal parece que la única mujer con la que han soñado esos muchachos es la misma que tienen a su lado, recostada bocabajo, mostrando un trasero blandengue y desparramado, contenido por pantalones sintéticos con costuras a punto de ceder, y las fantasías con ella tendrían que ser sobre un paseo en tiovivo, nada más. ¿Ya llegamos a Texas?, pregunta alguien. Cabo de guardia Azucena, dice Matus con firmeza, esta noche te toca vigilar la carreta y las armas, y con esta misión confirmo que no te diferencio del resto de la tropa por razones de sexo, edad, creencias religiosas o belleza física; volveremos poco antes del amanecer, y tú respondes con tu vida por nuestros avíos y pertrechos. Entendido, Matus, responde Azucena y se cuadra con la mano en el pecho. Los demás síganme en silencio. ¿Sin armas?, pregunta Comodoro. Los primeros tres bajan de un salto, luego esperan los movimientos lentos de Cerillo. En la oscuridad es una enorme gota viscosa que eventualmente acaba por derramarse de la carreta hacia el suelo. No podemos esperarte ni andar cargando contigo, le dice Matus, así que escúchame bien. ¿Ves aquél letrero que prende y apaga? Es adonde vamos. Cerillo sonríe y echa a caminar detrás de unas espaldas que se van.

Pocos pasos antes de entrar escuchan música de acordeón. Comodoro se figura un sitio animoso con bailarinas de sombreros frutales y hombres que cantan con los brazos sobre los hombros de los compañeros contiguos. Le sorprende la seguridad de Matus, que entra sin tocar la puerta, sin dar una contraseña. La música viene de un aparato en un rincón del local. En la barra bebe un hombre cabizbajo. Ubaldo le susurra a Comodoro que él ya conoce ese tipo de lugares. Hay que andarse con cuidado, dice, cualquier excusa es buena para que te rompan una botella de whisky en la cabeza. Hay cinco mesas para elegir, y Matus señala la más retirada de la puerta, bajo una lámpara fundida. El aparato de música se calla y puede escucharse el rechinido del abanico de techo. Lo que me extraña, continúa Ubaldo, es no hallar la pianola ni a la mujer que se sienta sobre ella. Servicio, grita Matus, y por el pasillo aparece una cuarentona en delantal. Él se pone de pie y la abraza, ella dice pensé que ya estabas muerto; ambos se echan a reír.

Soldados, ella es la Luz, y nos va a servir unos tragos para que se hagan hombres. Comodoro se imagina prendido del pico de la botella; lleva corbata de moño y zapatos bien boleados; pronuncia una frase que incluye las palabras economía, política y diversidad. Frente a él se halla una joven de falda corta a la que llama señorita; ella le dice licenciado. Hay una máquina de escribir que nadie usa, escritorios y papel tapiz con rayas azules y verdes. Señorita, es usted muy hermosa. Gracias, licenciado. Señorita, es preferible escribir en hojas rayadas. Sí, licenciado. Señorita, cuando la economía es política se vuelve diversidad. Usted sabe mucho, licenciado.

Comodoro golpea la mesa con el puño. Tengo necesidad de un trago.

La Luz trae mezcal y sirve cuatro vasos. ¿Van a querer limón y sal? Tan pronto lo prueba, Comodoro hace gestos de asco. Al Milagro le da miedo derramarlo y pide un popote. Sólo Ubaldo adopta una postura formal y, con los brazos en jarra, dice que le parece sabroso. Sin embargo la Luz se da cuenta de que se equivocó y opta por traer unas cervezas. Señorita, dice Comodoro tras beber un trago, esto es mucho mejor.

Cada quien ha tomado dos cervezas y media cuando aparece Cerillo en la puerta.

El hombre de la barra le echa una moneda al aparato y la música suena de nuevo. Matus se acerca a la Luz y le habla en susurros. No sólo con alcohol los vas a hacer hombres. ¿Qué edad tienen?, pregunta ella mientras los escruta con los ojos. Yo qué sé, con esta gente es imposible calcular, pero cualquiera que esté listo para morir, debe también estarlo para amar. Cuando Matus nota que la Luz le sonríe a Ubaldo, la toma del brazo. Llévate al gordo, le dice. ¿Por qué?, ella no baja la voz, confiando en que la música del local ahogue sus palabras, es el menos apetecible. Tal vez, dice Matus, pero ya verás cómo sabe decirte cosas bonitas. La Luz da un trago al vaso de Matus, que sigue bebiendo mezcal, y ofrece el brazo a Comodoro. Él lo toma con la mano izquierda mientras mete la derecha al bolsillo para apretar a la inmaculada; sabe que la Luz es la encarnación de su ficha, y con ella va a donde se lo pida. ¿A dónde?, pregunta por no dejar. Arriba, allá estaremos solos. Él asiente, nervioso. Ha bebido más que nunca en su vida, y por eso, aunque quiere portarse como todo un hombre, da unos saltos de bailarín al subir las escaleras.

Matus llena el vaso de Ubaldo con mezcal. Me dijo Comodoro que eres un artista. Sí, soy uno de los grandes. Me contó que dibujaste un paisaje con montañas y un conejo. Conejo no, dice Ubaldo, al gordo le falla la vista, era un tanque, tenía cañón y no orejas, y si no podemos ganarle al enemigo, al menos hay que robarle muchas vacas y hacerlas correr en estampida para que mujeres, ancianos y niños huyan y griten. Y reventar las presas, el Milagro se suma a la conversación, y saquear los comercios y cortar cables de teléfono. En otra época dibujé conejos; ahora que uno es militar ya no tiene tiempo para pensar en animales, acaso en caballos. ¿Quiere que le dibuje un tanque? Puedo hacerlo en una servilleta. Matus niega con la cabeza. Hay unos grabados de cuando los gringos invadieron Monterrey; dibujaron el Obispado como si fuera un castillo medieval, seguro tú lo hubieras hecho mejor, habrías dado más realismo al cerro de la Silla y no habrías puesto una enorme bandera gringa en primer plano. Pondría la de Japón, porque es la única que sé dibujar. Yo sí pondría la de México, dice el Milagro. Nadie sabe dibujar la bandera mexicana, es imposible, y menos en el instituto donde nada más nos dan crayones de doce colores; y por decir falsedades te voy a dibujar a ti muerto porque pisaste una mina, y al lado de ti está parado Cerillo, mirándote, y se le sale la baba. Cerillo respinga en su asiento cuando oye que lo nombran; alarga el brazo para tomar una botella de cerveza. Ubaldo saca de su bolsillo una pluma y traza un rostro sin ojos; le pone un cuerpo acostado, desproporcionadamente pequeño, los pies tienen tres dedos. Aquí yace el Milagro, cabo de infantería del ejército mexicano, dejad que su difunto padre choque el auto contra su tumba, que las lágrimas de su difunta madre mojen el cadáver, que las tías le arrojen un clavel, que las maestras del instituto le cuenten el cuento del soldado que todos creyeron muerto, mas volvió a casa luego de vivir diez años en una cueva. Ese cuento lo conozco, dice el Milagro, pierde la memoria por una explosión y se mete en una cueva y pinta búfalos rupestres y caza para comer; un día le cae un coco en la cabeza y recupera la memoria, y como cree que todo ocurrió apenas ayer, busca a sus compañeros y sólo halla a un campesino que le dice no, señor, usted se equivoca, la guerra terminó hace mucho tiempo. Yo no conozco el cuento, interviene Matus, pero estoy seguro de que el campesino es quien se equivoca. El Milagro alza su vaso y dice salud; el temblor de la mano se le agudiza y derrama cerveza sobre Cerillo. Mejor vayan a ver cómo le está yendo a Comodoro, a lo mejor necesita ayuda.

Los tres suben las escaleras, Cerillo en medio, ayudado por los otros dos. Una vez arriba, empujan la puerta de la habitación donde vieron entrar a su amigo. Por el resquicio distinguen los dos cuerpos desnudos en la cama. Cuánta bondad hay en el mundo, susurra Comodoro, y se queda dormido en posición fetal. Los iluminados están bebidos, también tienen sueño. Se paran junto a la cama en espera de que la Luz los invite, pero ella no deja de mirar el techo. La imagen de Comodoro desvanecido con su respiración sibilante los cautiva; tal vez sea la última oportunidad de dormir en una cama, así sea apretujados. Ubaldo gatea sobre el colchón hasta dar con un territorio mullido entre la Luz y el gordo, y recuesta su cabeza sobre el muslo de la mujer. Más tarde, en medio del sueño, no habrá prejuicios ni distinción de carnes, y terminará abrazado al vientre blancuzco de su amigo. El Milagro se acuesta de modo perpendicular en el hueco que queda entre los seis pies y el vacío, y se queda dormido mientras le acaricia los tobillos a la mujer. Cerillo se acomoda en una angosta franja que dejó la Luz a su lado izquierdo, y se ciñe a ella con firmeza para no desbarrancarse. La Luz está feliz, nunca en su vida se ha sentido tan amada, y ella misma nunca ha amado tanto a ninguno de sus clientes; a estos iluminados puede adorarlos como hombres, como hijos, como humanidad. Poco a poco también va quedándose dormida, con la certeza de que esa noche no habrá de cobrar ni un peso, y eso la pone contenta.

Despierta ya avanzada la madrugada. Abre los ojos y distingue a Cerillo, adormilado y dichoso, succionando su pezón izquierdo. Jamás han abrevado en su pecho con tan poca sensualidad y, sin embargo, jamás la han poseído tan categóricamente.

Pasan los minutos, tal vez media hora, sin que Cerillo detenga sus libaciones; y aunque la Luz comienza a sentir dolor, no puede negarse a la voluntad de ese ser vestido de blanco y celeste corbatín y zapatos de charol en el que ella ve algo de ánima disoluta y algo más de niño dios.

Azucena está abrazada a una pata de la mula. Dejó su puesto de vigía cuando escuchó un aullido lejano. Echa de menos su lámpara de noche, que ilumina el rosa de las cortinas y traza sombras sin misterios, la puerta entreabierta para ir al baño o a la cocina cuando le plazca, el tictac de su reloj de manecillas fosforescentes.

El aullido se repite con insistencia y Azucena jura que cada vez se escucha más cercano. Cierra los ojos y aprieta el abrazo. Ya falta menos, le dice a la mula, pronto va a salir el sol.

Cuando amanece, todos están listos para partir; sólo hay dificultades con Cerillo, quien se niega a separarse del cálido pezón que le dio tanta paz como una etérea canción de cuna.

La carreta avanza tambaleante por los accidentes del camino. El brincoteo hace que el cuerpo yerto de sueño de Cerillo se vaya acercando poco a poco al borde. Jalen a esa criatura para acá o terminará por caerse, dice Matus desde el pescante. Comodoro y Ubaldo le ensartan las manos en las axilas y lo arrastran al extremo opuesto de la caja. Con suavidad, dice Azucena, y le acomoda el cojín púrpura bajo la nuca. El Milagro va sentado junto a Matus; tiene rato queriendo pedirle las riendas. Se ve fácil conducir una carreta. Hasta donde ha analizado, sólo hace falta tomar la cuerda con una mano, sacudirla de vez en vez, cosa que sus trémulos brazos harían en automático, y enviarle esporádicos besos a la mula. ¿Me permite conducir? Matus asiente y le entrega las riendas.

Mantenlas flojas o la mula se detendrá; si quieres que el animal vaya a la izquierda, jala la rienda por ese lado, y deduce tú cómo hacer para que tuerza a la derecha. Comodoro alza la cabeza irritado. Ya era un exceso que el Milagro se sentara adelante, y ahora se pone a conducir. Desea que las ruedas golpeen una roca para que la carreta se detenga como auto en semáforo y el Milagro se vaya de boca contra el invisible tablero y no le sangre la nariz sino la frente, con una raja enorme por donde se le mire la mollera. ¿Y por qué te dicen el Milagro?, pregunta Matus. Azucena hace una seña de silencio con el índice en la boca, pero es tarde para fingir que la pregunta no se enunció. ¿Es que acaso no lo ve, anciano?, la voz del Milagro es exaltada, iracunda. Señoras y señores, he aquí que el hombre cuestiona el origen de mi nombre como si no fuera obvio para propios y extraños, porque el mundo conoce la historia de ese auto gris que se quedó sin frenos, dicen unos, o cuyo conductor dormitó, aseguran otros, detalle irrelevante, pues lo esencial es que el auto salió de la carretera de Tula a Victoria en el kilómetro treintaiséis, y rodó por un despeñadero con padre, madre, hermana y hermano; toda la familia Margáin hacia la hondura de la sierra. Soy un milagro porque a pesar de que en el primer vuelco se oyó la voz de la madre gritar sálvanos, dios mío, las dos damas y el adulto en el auto habrían de perecer entre golpes, aplastamientos y fierros que se encajan, y en cambio aquí estoy yo, sano, salvo y juicioso, hablando de ese remoto percance. Soy un milagro porque mientras hubo necesidad de meter a tres Margáin en féretros finamente adosados, yo sólo pasé un mes desvanecido en cama y un día desperté tan intacto como todos estábamos en el kilómetro treintaicinco; intacto a no ser por esta cicatriz a la altura de la sien, por este temblor de brazos y manos que aumenta cada día, intacto aunque mis amigos ya no me buscaron y nunca pude sacar otro diez ni en lengua ni en número o mapas o memoria de las cosas remotas y los maestros le dijeron a mis tías, lo sentimos mucho, este chico ya no pertenece a un ambiente como el nuestro, podemos darle la dirección de un sitio adecuado para su desarrollo; intacto porque si bien no comprendo algunas cosas de los adultos, me sobra entendimiento para darme cuenta de que soy un milagro viviente, porque milagro es rodar en carro gris sin consecuencias, es ver morir a los Margáin entre chillidos y chirridos y sólo dormir por un mes o exactamente veintinueve días, que a veces equivalen a un mes. Señoras y señores, milagro es ser un iluminado, porque antes yo estaba ciego y creía que mi destino era seguir los pasos de mi padre: convertirme en abogado que defiende a los renteros de sus inquilinos y acaba por echar a los pobres que no pagan; no fue así, amigos míos, por eso hoy vuelo más alto y aplicaré la ley bélica, la que se halla por sobre todas las leyes, para notificar a los gringos que en veinticuatro horas deben salir de Texas sin mirar atrás, o se procederá a su desalojo por la fuerza, algo que jamás mi padre habría logrado ni vertiendo sobornos en los juzgados. Se pone de pie en el pescante y grita soy un milagro, y con la rienda mantiene el equilibrio porque va parado sobre el techo de un auto gris que baja por el despeñadero a velocidad endemoniada hacia ese luminoso infinito a donde muy pocos son invitados.

Matus abre el libro de oraciones para niños en la página diecisiete. ¿Has abrazado a alguien hoy?, pregunta el encabezado, y en forma de versos simples explica la importancia de los abrazos para transmitir afecto. Matus supone que la madre de Cerillo se equivocó al recomendarle esa página por completo anodina para quien marcha al matadero. Desea de todo corazón que se haya equivocado. Tira el libro a la orilla del camino, igual que lo hizo con la carta.

¿Duermes? El susurro de Azucena llega a la oreja del gordo Comodoro junto con un aliento húmedo y caliente. Él dice que no, que estaba pensando con los ojos bien abiertos. Ambos se hallan tendidos sobre la hierba, miran la negrura del cielo. En un radio de tres metros duerme el resto de la tropa. ¿En qué?, pregunta ella. Comodoro pensaba en el placer de acostarse en el campo, mucho mejor que estar en casa y mirar el techo de pintura descarapelada; una idea que no quiere compartir, de modo que inventa algo. Presta atención, Azucena: si los dos sobrevivimos a la expedición y a la guerra, y si nuestro ego se sobrepone a tanto aplauso y homenaje, sería bueno casarnos. ¿Es una idea o una propuesta?, los ojos de Azucena titilan. Matus comienza a roncar. Es un gruñido prolongado que se suma discordante a los otros rumores de la noche: grillos, viento, hojas y ramas; por suerte nada de motocicletas ni silbatos de tren ni pleitos conyugales. Acepto, dice Azucena, para toda la vida. Comodoro le tapa la boca. Esas cosas no se dicen cuando alguien ronca. Va hacia el cuerpo intensamente dormido de Matus y deja caer una piedrecilla por la boca abierta. Matus tose un par de veces y cambia de posición. Los ronquidos cesan. ¿No se ahogó? Nunca se ahoga ni se despierta, la clave es introducirle un objeto pequeño, nunca mayor que una semilla de naranja; y si es más grande, debe tener otra consistencia, como de flema. Acepto, Comodoro, hasta que la muerte nos separe, lo cual podría ser muy pronto. Aunque Comodoro nunca ha visto desnuda a Azucena, le resulta obvio que hay un largo trecho entre sus carnes y las de la Luz, pero tal vez con el tiempo se igualen o asemejen. Tal vez la profesora les mintió, y algún día serán adultos, al menos Azucena en formas y pechos rebosados, y él en barbas y una voz gruesa con la que pueda ganarse el respeto por teléfono. Señorita, comuníqueme con el licenciado Mendoza; señorita, lo mejor es invertir en minas de estaño; señorita, la voz es profunda y sensual, la espero a la salida, iremos al monte y Azucena jamás se enterará. Señor Comodoro, usted sí es un hombre. De eso estoy seguro, responde él, se distingue en mis cicatrices de guerra y en la forma como pronuncio la palabra señorita. Azucena se acerca y le besa el hombro. Escucha, Comodoro, Cerillo está llorando. Ve a ver qué le ocurre, a las mujeres les corresponde apagar los llantos nocturnos, para eso nacieron con voz aguada y manos suaves. Azucena acaricia los cabellos de Cerillo y se pone a cantar algo sobre una manzana perdida. Es la primera vez que Comodoro la oye cantar sola, sin el acompañamiento de las voces desafinadas del instituto. Su voz le recuerda el coro femenil del himno olímpico que tanto programan en la radio. Si muero, dice Comodoro, y tú sigues en el mundo para cumplir mi última voluntad, no quiero que a mi tumba le pongan una losa sino un cristal, aunque sea de fondo de botella; así los diarios podrán reportar cómo evoluciona la descomposición del héroe patrio: ha dejado de ser el gordo Comodoro para volverse el esbelto Comodoro; hoy perdió un mechón de cabello, hoy se asoman los primeros huesos de su tórax, hoy cayó una falange, ahora podemos comprobar que su esqueleto se halla a la par del de los más prestigiados artistas y pensadores de la humanidad. Sepúltame desnudo, sólo con un taparrabo de caucho resistente a los años y al clima, pues si en vida es noble ocultar la hombría, resulta venerable ocultarla cuando se corrompe. ¿Lo prometes, Azucena? Ella no sabe qué responder; le parece absurda una vitrina que muestre a Comodoro engusanado. Matus carraspea y tose hasta expulsar la piedra.

A lo lejos, tras una loma, alcanza a distinguirse la cruz que remata un campanario. El gordo Comodoro se pone con dificultad de pie sobre la carreta en movimiento, abre los brazos para mantener el equilibrio y agacha la cabeza. Gordo Comodoro, ruega por nosotros, dice Azucena, gordo Comodoro, ten piedad. Las manos de

Comodoro se mueven para repartir bendiciones. En mi cuerpo cabe más alma que en los de ustedes, y ni aun así soy salvo. Matus, ¿vamos a morir? Sí, Comodoro, es lo más probable. Entonces debemos ir a esa iglesia cuya cruz se alza invitante ante nuestros ojos, hemos de buscar al cura y pedirle que nos adelante la misa de muerto porque este ejército viaja sin capellán ni monaguillo. A Matus comienza a cansarle que le llamen por su nombre, habrían de decirle general o general Matus o brigadier Matus, dejar claro que distinguen su autoridad y no lo creen un mero conductor de carretas al que puedan darle órdenes de llevarlos a un lado o a otro o al mercado o a la iglesia; sin embargo, cuando detiene a la mula y da media vuelta para hablar con sus soldados, descubre a Comodoro alzando la ficha blanca de dominó. A su alrededor se han arrodillado Azucena, Ubaldo y el Milagro. Cuando nuestros cuerpos sean aniquilados, permite que el alma de cada uno vaya al paraíso y cobre doscientos si pasa por México. Así sea, dicen tres iluminados, y el Milagro mueve con el índice los labios de Cerillo para fingir que él también lo dijo.

El sol de fin de tarde entra por los vitrales y da un efecto de penumbras a colores. Las puertas de la iglesia están cerradas. En el suelo, frente al altar, yacen los cuerpos de los cinco iluminados cubiertos con sendas sábanas. De rodillas, Matus mira los bultos, piensa que si un prestidigitador los revolviera, podría reconocer fácilmente a Comodoro y a Azucena, pues aunque las proporciones de ambos son similares, la estatura de ella es menor; Cerillo también resultaría fácil de señalar, un todo pequeño, cuerpo, cabeza y zapatos del tres, por eso Matus eligió no averiguar su edad. Pero imposible identificar a Ubaldo y al Milagro. ¿Dónde quedó la bolita? ¿Dónde el Milagrito? Y habría que elegir al azar. Aquí, diría Matus, clavando el índice donde supone el ombligo; y a remover la sábana y lo sentimos mucho, amigo, se equivocó, mire el otro bulto para que sepa que no hay engaño, ahí va a encontrar bien muerto al Milagrito, de brazos cruzados para que no le tiemblen, así que me debe diez pesos y si gusta podemos jugar de nuevo. Matus niega con la cabeza, sabe que el Milagro nunca estará donde él pique el ombligo.

Señor, dice el cura desde el púlpito, fuiste avaro en gracias con estos muchachos, ahora te toca ser dadivoso con sus ánimas; recíbelas lo mismo puras que mancilladas, victoriosas que vencidas, porque es gente que en todo momento estuvo dispuesta a ofrecer el mayor de los sacrificios: la vida por la patria que se volvió la vida por la nada porque su valor fue inútil contra la certera artillería del enemigo mitad ateo y mitad protestante, si bien ambas mitades son lo mismo; porque la espada flamígera de la fe de poco sirve con una bala en el occipucio y a estos infelices no les detuviste el sol ni les abriste las aguas del río Bravo ni les derribaste El Álamo a trompetazos ni nada de esas artimañas con las que solías ayudar a tus prosélitos de otros tiempos. Recibe, señor, a estas cinco almas por la puerta principal porque lo tienen bien ganado. Aleluya, grita Comodoro y gira para acomodarse bocabajo porque el suelo es irregular y le cala en la espalda. Matus va hacia él, le da un manotazo en la nuca y le pide que se esté quieto y callado. El cura dice que no hay cuidado, que de cualquier modo la misa está terminada. Va hacia ellos y les salpica agua bendita. Sólo les advierto, muchachos, que desde este momento hasta el de su muerte, deben observar la magnitud de sus faltas o la ceremonia podría perder su efecto.

Lo que nadie vio fue que mientras el cura daba su sermón, Comodoro alargó la mano bajo las sábanas para tomar la de Azucena. ¿Aceptas?, susurró. Sí, respondió ella. ¿En la salud y en la enfermedad? ¿En lo próspero y en lo adverso? Soy mujer, dijo ella, sólo me comprometo en la prosperidad, pero a lo demás, sea lo que sea, respondo que sí. Comodoro regresó lentamente la mano a su sitio y escuchó la advertencia del cura sobre los pecados de la carne.

Al salir de la iglesia, la intensidad del sol les hace entrecerrar los ojos. Algunos pueblerinos los miran con curiosidad; una anciana señala a Cerillo y se persigna. Ahora sí estamos muertos, dice el gordo Comodoro, recibamos la espada y el fusil, andemos en nuestro carruaje hacia Texas, donde habitan los infieles, donde los infieles habrán de someterse o sucumbir. Ya no hay nada que temer, ya no hay cuerpo que cuidar, sólo un alma por la que habrá que rogar. Así sea, dice Azucena y alza las manos. Roguemos también por Cerillo.

Cruza la meta que él mismo marcó con una cruz blanca de madera. No hay festejo, se siente derrotado; su agotamiento y su debilidad no pertenecen a un ganador. Tal vez aún quedan algunos corredores por llegar al estadio de Colombes, sin duda hubo quienes se retiraron a medio camino o en el kilómetro treinta, pero él no puede sentirse confortado por no ser el último en llegar ni por las escasas damas y caballeros que aplauden sin entusiasmo; ellos admiran a cualquiera que cubra la distancia porque serían incapaces de correr siquiera cien metros con sus zapatos de tacón o con polainas. Matus no es capaz de admirarse a sí mismo, no sin medalla, no con esa estampa de hombre encorvado, las palmas apoyadas en los muslos, a punto de vomitar. Me falta devolver el estómago para acabar con mi espectáculo. Las damas de crinolina y sombrilla voltearán los rostros. Sabía que los mexicanos olían mal, pero esto es demasiado. Para terminar así es mejor no terminar. El temblor de las piernas se agudiza y Matus ha de sentarse en las vías del tren. ¿Qué tiempo hice? Los jueces no responden, lo miran con reproche, murmuran entre ellos en un idioma incomprensible y afeminado. ¿Qué tiempo hice?, repite alzando la voz. Santiago se apea del caballo y le muestra el cronómetro detenido al momento de su arribo. Matus busca un ángulo en el que el reflejo del sol le permita ubicar las manecillas. 2:47:50. ¿Es bueno?, pregunta Román. Matus resopla, no quiere ser cuestionado, desea una frazada porque tanto cansancio da frío, desea una cerveza, un barril entero, cuando menos un chocolate caliente con un trozo de pan. ¿Que si es bueno? Mejor háblame del clima, del nombre de tu caballo, anda, trae una jarra con chocolate en el que podamos remojar pan, porque el chocolate en la mesa es para hablar de banalidades, ¿cuánto pagaste por esa camisa?, ¿es cierto que mañana va a llover?, cualquiera de esas preguntas te respondo, pero no me cuestiones sobre el tiempo, porque traigo un excedente de al menos quince minutos. Él bebe chocolate y Clarence DeMar, champaña. Escucha aplausos intermitentes y supone que se trata de la llegada de otros corredores, los restos de la esperanza latinoamericana. Agua, dice, y Román se acerca con otra garrafa. Los primeros tragos le duelen en lo que lengua y paladar acaban de lubricarse. Ve a lo lejos a Clarence DeMar, sonriente, orgulloso, con su medalla al pecho, y sin embargo su felicidad no es intensa, pues apenas consiguió lo que ya esperaba, lo que se merece por ser gringo, blanco y protestante, y cómo es posible que un insulso mexicano pensara siquiera por un momento o por dos horas con cuarentaisiete minutos y cincuenta segundos que podía arrebatarme esta medalla. No, amigo, y bien haría en quedarse tendido en esas vías hasta que pase el expreso a Piedras Negras.

El tren no aparece, y Matus observa que al fondo comienza a alzarse la bandera de los Estados Unidos.

Es hora de volver a casa, dice Santiago, y Matus asiente, sabe que los cuarentaitantos kilómetros de regreso a Monterrey en las ancas del caballo serán más pesados que tomar un vapor para cruzar el Atlántico, de El Havre o Marsella a Tampico o Veracruz. Meses atrás había preguntado en una agencia marítima el costo del viaje, y ni en la última de las clases le alcanzaba para el boleto. Además, le dijo a Santiago, la única opción es viajar en primera, así puedo correr alrededor de la cubierta. Hacinado en un camarote comunal llegaré a París tísico y con las piernas entumidas. Román lo ve débil, incapaz de montarse por sí solo en el caballo. Le ofrece una mano y Matus se avergüenza de ser tratado como una dama. En vez de aceptar la cortesía, se queda mirando su pistola enfundada en la silla. ¿Por qué no?, se pregunta, a fin de cuentas las pistolas fueron hechas para cambiar la suerte. La toma y apunta hacia un punto más allá de la cruz de madera. Con el disparo vuelan unas aves espantadas. Clarence DeMar da un paso hacia atrás, las piernas le flaquean como no lo hicieron en la carrera y se desploma; su medalla es una piedra al cuello. Un hombre se acerca a auxiliarlo ante lo que cree un desmayo a causa del sol, mas cuando le da la vuelta descubre el balazo en el pecho y pregunta a gritos si hay un doctor por ahí. Matus no se enorgullece de su acto, pero la ira manda. Continúa disparando contra otros competidores, cualquiera con cara de triunfo, cualquier posible segundo o tercer lugar, cualquier promesa latinoamericana, contra el infeliz chileno y un japonés con rostro inocente, contra los orgullosos finlandeses, dispara cuando el martillo de la pistola golpea casquillos gastados, y aunque del arma sale un graznido, los corredores se llevan las manos al vientre y caen yertos. Hay nueve atletas y un par de entrenadores en el suelo cuando dos hombres someten a Matus. Él suelta la pistola y se dice que, después de todo, tal vez sí resultó una prueba de resistencia. Uno de los que lo someten es un nadador de origen germánico con tres medallas al pecho; le da un puñetazo en las costillas. Si fueran judíos, pasa, pero estos hombres a nadie le hicieron mal.

Vámonos, Matus, insiste Santiago, y junto con Román lo ayuda a montarse en el caballo.

Ubaldo dice que le fascinó el cuento del cura sobre el cuerpo que muere y deja escapar un humo invisible que se va volando a un sitio de nubes azules y rostros contentos donde habrá de vivir por siempre. ¿Pero notaron que hablaba en serio? A ese cura habría que enviarlo al instituto.

La mula camina con suma lentitud y Matus no hace por azuzarla; más vale andar despacio si uno no quiere sorpresas en el camino. Yo pensé que irían cantando todo el recorrido, dice, a fin de cuentas, la guerra es una larga parranda que se interrumpe de vez en cuando para disparar, y ni aun entonces, si uno no suelta la botella de aguardiente. Por eso en la guerra contra los Estados Unidos los irlandeses se pasaron a nuestro bando. Los historiadores aseguran que fue por la religión; yo sé que también fue por el trago y las canciones. Nosotros sólo aprendimos tonadas sobre cerdos, patos, hormigas y otros animales, dice Comodoro, no creo que sirvan para luchar valientemente ni para atraer desertores de otro país. Matus da un golpe a la mula con la fusta. Pasan varios minutos antes de que hable de nuevo. Es hora de revelarles el manifiesto del soldado. Cuatro cabezas se alzan con interés. Sí, dice Ubaldo, me parece mejor idea que las canciones. Hay que hacer un juramento solemne del manifiesto, lo cual exige dos cosas: antes que nada la voluntad de cumplir su palabra, cosa que no dudo porque veo en ustedes gente honesta y cabal; y en segundo término hace falta una buena memoria, pues cuando suena la artillería enemiga la gente tiende a olvidar promesas y lealtades. Matus está satisfecho, sabe que esos iluminados le prestan una atención que jamás tuvo con sus alumnos del sexto B. El primer punto del manifiesto establece: nunca dejaré a un compañero, sano o herido, en manos del enemigo. Lo juro, dice el Milagro con la mano al pecho. A Comodoro le irrita la necesidad primeriza de su amigo; con los brazos cruzados murmura también su juramento. Tengo una duda, dice Ubaldo, supongamos que el compañero está herido de muerte, ¿comoquiera hay que perder tiempo y esfuerzo en salvarlo del enemigo? En tanto esté vivo, responde Matus, hay que cargar con él. Tras escuchar la palabra cargar, tres iluminados instintivamente voltean a ver al gordo Comodoro. ¿Aunque sólo le quede medio minuto de vida?, insiste Ubaldo. Aun así, responde Matus, y no sólo es un acto de piedad con el moribundo, sino de seguridad: medio minuto de vida en manos de un enemigo torturador puede ser suficiente para revelar un secreto máximo. Azucena acepta el juramento, toma la mano de Cerillo y la coloca sobre su propio pecho. Ubaldo sólo acepta luego de insultar a Comodoro, de comentar cuán injusto es poner en riesgo la operación sólo por cargar con un herido obeso que pronto será un cadáver igualmente obeso. Si no vas a resistir medio minuto de tortura habrías de cargar con una píldora letal; la escondes en la encía y la muerdes si caes en la tentación de revelar algún secreto.

El segundo punto del manifiesto, dice Matus, pero antes de continuar el Milagro lo interrumpe. ¿Podría frenar la carreta? Necesito ir al baño. Cuando la mula se detiene, Comodoro se mesa los ralos cabellos. Caralampio, dice, me avisó que iba al baño, me pidió que lo esperáramos, por lo que más quieras, Comodoro, no se vayan sin mí, es una emergencia, no me tardo. ¿De qué habla?, pregunta Matus. Es un compañero, dice Azucena, se había enlistado y andaba con el estómago suelto. Creo que nos vinimos sin él. El Milagro corre y se refugia tras unas rocas. ¿Y cómo es el tal Caralampio? Un tipo valiente y sacrificado, responde Azucena, tiene la mejor marca en armado de rompecabezas, es el orgullo del desarrollo psicomotriz, lee veinte palabras por minuto, domina el orden de los meses del año y distingue cuatro tonos de azul, está entre los tres primeros de socialización y una vez recitó una rima completa sobre un obispo que comía naranjas; todos le aplaudimos mucho.

No se vayan sin mí como lo hicieron sin Caralampio, se oye el llamado del Milagro tras las rocas. Matus habla sin rastro de aquella festividad de cuando el tema eran las canciones, los irlandeses y el aguardiente. En ese entonces no habías jurado el manifiesto, Comodoro, pero ya abandonaste al primero de nuestros muchachos, y mientras no lo tengamos entre nosotros podremos suponer que era el mejor de los guerreros, la diferencia entre el triunfo y la derrota; piensa en él cuando la espada enemiga comience a penetrar tus entrañas, piensa que eso no estaría ocurriendo de no haber abandonado a ese chico en el baño. Comodoro se esfuerza por pronunciar una frase en su defensa, una frase que distribuya la culpa entre todos; en cambio acaba por hablar del veneno para ratas que Caralampio traía en su mochila, con el que habrían de contaminar todo manto acuífero al norte del río Bravo.

El Milagro aparece corriendo, con el pantalón mal ajustado, y se monta en la carreta.

Reanudan la marcha en silencio; ha pasado casi una hora cuando Matus habla. El segundo punto del manifiesto establece: en cuanto al enemigo, a los prisioneros trataré con dignidad, a los heridos prestaré ayuda médica y a sus muertos daré cristiana sepultura o digno envoltorio para despacharlos a su tierra. Mejor deje el segundo punto para mañana, dice Azucena, aquí hay gente que se perturba con más de una idea por día. El Milagro va arrodillado, encorvado, la frente dando golpes contra el suelo de madera de la caja; con las manos se tapa las orejas mientras maldice al anciano que quiere reventarle la cabeza.

Don Beto tenía cien pollos, comienza a leer Matus, y suspira y se pregunta si alguna vez un general tuvo que rebajarse tanto para mantener el espíritu de sus soldados. Continúa leyendo porque Cerillo lo mira con ojos vivos, de embeleso, y ahora sí le parece desventurado que un chico con esa mirada y ese corbatín celeste haya de morir. Un pollo no era como los demás, un pollo quería ser rey...

Han estado bebiendo en el Lontananza. Eligieron ese bar porque a dos calles se hallan las oficinas del periódico y tras cada par de cervezas Román y Santiago se turnan para dar una vuelta a la redacción y preguntar si ya recibieron el cable de París. A Matus le interesan poco los resultados; sabe que su tiempo lo deja lejos de las medallas y acaso le gustaría saber si Manuel Plaza, la esperanza latinoamericana, pudo pisarle los talones a Clarence DeMar.

En una de varias vueltas Román llega con un papel. Matus observa la hoja amarillenta en la mano izquierda de su amigo y se le ahuyenta la incipiente borrachera. ¿Quién ganó? Román encoge los hombros. No se sabe, la información está llegando con retraso. Apenas me dieron una nota sobre el inicio de la carrera. Dice que como el día anterior hubo desmayos en la prueba de campo traviesa, se decidió posponer el maratón hasta las cinco de la tarde. Y aun llegada esa hora, la carrera no inició porque el sol continuaba pegando duro y los muy maricones no querían sudar. ¿Se suspendió?, pregunta Santiago. Se retrasó otros veintitrés minutos, en lo que bajaba el calor o se atravesaban unas nubes o qué se yo. Habrá sido un truco de los gringos, dice Matus, así evitan que Clarence DeMar sude más de la cuenta. El mesero acomoda tres botellas llenas sobre la mesa sin llevarse las vacías. Entonces no arrancamos con el mismo disparo, Matus se echa atrás en la silla, se pasa los dedos entre el cabello endurecido por el sudor seco. Cuando yo llegué a la meta, ellos no tenían ni media hora de haber arrancado. Lo que importa es que tú sí fuiste puntual, alega Román, tú corriste con un sol creciente, y ellos lo hicieron entre sombras, te mereces un bono de treinta minutos. Un fotógrafo entra en el Lontananza y ofrece sus servicios mesa por mesa. Acá, le llama Santiago, venga, el amigo acaba de correr un maratón, una hombrada que pocos logran, y es necesario inmortalizar este momento. El fotógrafo apunta su lente hacia Matus, quien se mantiene indiferente a los preparativos, sumido en sus cavilaciones. No hace caso cuando le piden que voltee a la cámara, que sonría, que se siente más derecho. Ignora a Román cuando le acomoda el cronómetro en el cuello con una agujeta, igual que una medalla. El local se ilumina con un relámpago de magnesio y algunos parroquianos aplauden mientras se disipa el humo blanco. Me dijo el hombre del periódico que la nota le va a llegar de madrugada, que debemos esperar a que amanezca en París para que alguien se digne a enviar la noticia.

Minutos después, luego de practicar sus procesos químicos, el fotógrafo entrega la imagen y cobra cinco pesos.

En ella se ve a un Matus en blanco y negro, cruzado de brazos, la mirada puesta en ningún lado. Quien la mire detenidamente descubrirá, con la ayuda de una lupa, las manecillas del cronómetro detenidas en 2:47:50. En la frente y las patillas de Matus se aprecia una sustancia blanquecina, seguramente la sal del sudor, lo cual indica que no se había siquiera enjuagado la cara tras la carrera. Hay en su expresión una mezcla de tristeza y ebriedad. Nadie más aparece en la imagen, y el efecto de soledad se agudiza por tanta botella en la mesa, por el cenicero repleto. Es, sin lugar a dudas, la imagen de un hombre derrotado.

¿Cómo se gana una guerra, Matus?, pregunta Azucena distraída, en tanto se ensaliva los dedos para limpiar una mancha en los zapatos de Cerillo, ¿hay que matar a todos los gringos? Matus detiene a la mula; no esperaba esa pregunta que ningún soldado debe hacerse. Se da la vuelta y nota que Azucena y el resto de su tropa lo miran sin parpadear. Su impulso es responder que ellos deben limitarse a seguir órdenes, y lo demás, sea triunfo o derrota, se dará por añadidura; sin embargo se ve a sí mismo el primer muerto de la batalla y concluye que un buen general debe preparar a sus subordinados para continuar la lucha. Creo que no sabe, susurra el Milagro. Matus se imagina de nuevo en un salón de clases y busca las palabras que emplearía un maestro para responder a la pregunta de Azucena. No hay que matar a todos, dice al fin, debe haber diferencia entre una guerra y un exterminio. Los mexicanos hemos perdido incontables guerras y aquí seguimos, dispuestos a perder otras tantas. La guerra es como el ajedrez, no hace falta comerse todas las piezas sino sólo al rey. Sus pupilos no varían la expresión de duda y Matus comprende que el ajedrez se escapa del universo iluminado. Ya ven, insiste el Milagro, les dije que no sabía. Conquistar un país es como conquistar a una mujer, no hace falta enseñorearse en todo su cuerpo, sino sólo en esa exquisita región entre las piernas; eso basta para ganar su mente, su corazón y sus favores. Ubaldo se pone en pie, molesto. No nos venga con que para vencer a los gringos hay que decirles lindezas al oído, déjese de comparaciones estúpidas y díganos las cosas tal cual son. Comodoro mira sonrojado a Ubaldo; él jamás se atrevería a hablarle de ese modo a un superior. Matus se da la vuelta y azuza a la mula para reanudar la marcha. No son estupideces, dice, estaba por decirles que la entrepierna de Texas se llama El Álamo, y quien sea dueño de El Álamo lo será de todo Texas. Matus lo describe como una antigua casona de adobe, algo derruida por los años, habitada en una época por frailes y que aún mantiene su aire religioso. En El Álamo no habremos de dejar ni un sobreviviente, tal como se hizo hace más de cien años, cuando nuestros antepasados acabaron con todos, incluso con el más cobarde de ellos, un pobre diablo que se escondió tembloroso bajo su cama, y que al ser sorprendido imploró perdón de rodillas. Pero ninguna piedad habría para un robapatrias, y el metal le entró por la carne y el gringuito gritó y lloró y se sumió en contorsiones. Así que cuando tomemos El Álamo, habremos de revisar bien bajo las camas, porque ahí es donde se ocultan los cobardes. Comodoro pone poca atención, no entiende bien los símiles de Matus y no quita sus asombrados ojos de encima de la entrepierna de Azucena, aún con aire religioso.

Ven, Azucena, ven. Comodoro repite la frase en susurros mientras le acaricia el cabello que apenas refleja la luz de la luna; sabe que si la dice suficientes veces ella se levantará dormida, andando con los brazos al frente, y él podrá darle órdenes, será el propietario de su voluntad. Ubaldo se levanta y camina hacia unos arbustos, y Comodoro se pregunta si sus palabras habrán tenido el receptor equivocado. Luego de perderlo en la oscuridad, escucha un chorro delgado golpeando la tierra. Comodoro desea acampar y dormir junto a ese sonido líquido, pero más abundante, de río, de grito de incautos que mueren ahogados. De este lado está la vida, del otro está la guerra, y los iluminados cortan cañas de bambú para respirar bajo el agua, los cuchillos desenvainados por si los cocodrilos o las pirañas, Comodoro por delante, siempre por delante. Porque el plan se hizo mucho antes de soñar con ser soldados. La maestra del instituto les mostró un libro de fotografías; había peces alargados y chatos, de colores vivos o tristes, y uno debía levantar la mano si el pez le gustaba o decir el color si podía reconocerlo, y todos lucían mejor que en la pescadería sepultados bajo el hielo. La maestra leía la información al pie de cada lámina, emitiendo datos olvidables sobre las aguas donde vivía cada uno, su nombre, y algún informe irrelevante acerca de sus enemigos naturales o la época en que se aparean. Sólo cuando llegó a una imagen de un pez malencarado y de feroz dentadura, la maestra dejó de leer y habló de memoria. La piraña, dijo, el más temible de los peces, todo lo aniquila a su paso, se sabe que ha devorado a muchos exploradores e indios que intentan cruzar el río. Y aunque la maestra quiso continuar con otras páginas del libro, la imaginación de todos se quedó estacionada en la piraña. En el salón se escuchaban gruñidos y mordiscos y gritos de angustia. Díganle a mi madre que siempre la amaré, clamó Caralampio, antes de hundirse en el agua. Azucena se dijo a salvo porque no era ni india ni exploradora, y sólo cuando Ubaldo abrió los brazos para simular unas enormes fauces que masticaban al indefenso Cerillo, la maestra aclaró que la piraña era un ser pequeño que atacaba por cientos y miles, su mordisco apenas se sentía como un pellizco, y para cuando uno preguntaba quién me pellizcó, ya se había convertido en huesos. Durante el recreo continuaron jugando a las pirañas y se pellizcaban unos a otros hasta que Cerillo soltó copiosas lágrimas. Entonces discutieron sobre la mejor estrategia para cruzar un río y, entre las muchas ideas, prevaleció la de Ubaldo. Había que empalar al gordo Comodoro y mandarlo por delante; por muy veloces que fueran las pirañas, se demorarían lo suficiente con tal cantidad de sebo y carne para que el resto de la gente llegara sana y salva a la otra ribera. Estoy dispuesto al sacrificio, dijo Comodoro, pero no al empalamiento. La condición de un sacrificio es que el sacrificado no elige el método, dijo el Milagro. En cambio Azucena sí estuvo dispuesta a conceder. Lo primordial es que Comodoro sea un cuerpo rígido y manejable, de modo que si las pirañas vienen por la izquierda, lo movemos hacia allá, si vienen por la derecha, cambiamos el palito a ese lado, y si nos atacan de frente, Comodoro es un ariete; lo que quiero decir es que da lo mismo empalarlo que crucificarlo, y entre esas dos opciones sí tiene derecho a elegir. Comodoro se puso de pie y, mientras se alejaba, alcanzó a decir: me tranquiliza saber que nunca cruzaré un río con ustedes. Pero ahora se dirigen inevitablemente al Bravo y su bienestar depende de la desmemoria de sus amigos.

Ven, Azucena, ven. Ella abre los ojos. ¿Qué quieres? ¿Estás despierta o bajo hipnosis? ¿Qué quieres? Somos marido y mujer, dice Comodoro, tienes que seguirme y hacer lo que te ordene. Ambos se abrazan y se alejan con un vaivén de vals torpe; ella susurra una tonada y él mantiene el silencio. Pronto se han distanciado del grupo. Comodoro se quita la camisa y la arroja a un lado. Se recarga en el árbol más grueso del paraje y alza las manos. La luna se desparrama en la blanca lampiñez de su pecho y de su vientre. Gratifícame, dice quedamente, con la voz más varonil de que es capaz. Como Azucena permanece inmóvil, sin nada en la expresión ni en los ojos, Comodoro alza la voz. Gratifícame. Gratifícame. Ella se da la vuelta y camina en busca de las hierbas tibias donde reposaba un minuto atrás. Gratifícame, mujer, te lo ordeno. Las voces despiertan a Matus, quien se dice que a Comodoro aún le faltan cosas por aprender.

Es de madrugada cuando los tres salen ebrios del Lontananza. Van a las oficinas del periódico, un edificio de dos plantas en la calle Guerrero, y se ponen a llamar al editor, a insultarlo, maldito haragán, a gritar que quieren los resultados del maratón, que para eso está el cable transatlántico, para no esperar a que lleguen los barcos con noticias. Al fin se asoma un periodista de unos cincuenta años, en mangas de camisa, con un cigarro consumido en la mano derecha. ¿Llegaron los resultados?, pregunta Román. El periodista arroja la colilla a la calle. Si la gente fuera tan necia como ustedes habría que cerrar los periódicos, qué caso tiene imprimir y aprender a redactar si basta salir al balcón para avisarle a la ciudad quién murió, quién ganó las elecciones y los detalles del asesinato de la noche anterior; no quieran verme como pregonero de pueblo. ¿Llegaron?, Santiago alza la voz. El periodista se pierde en las oficinas y sale de nuevo al balcón tras unos segundos. Mira detenidamente una hoja que lleva entre los dedos. Aquí no hay luz, dice y retrocede hacia el interior, de modo que cuando comienza a hablar es invisible para los borrachos que miran hacia arriba con los cuellos arqueados. Primero llegó Albin Stenroos, un finlandés, con tiempo de 2:41:22, el segundo sitio fue para un italiano llamado Romeo Bertini, que hizo 2:47:19. Comienza a parecerles que la voz del hombre invisible no sale de aquella puerta abierta en lo alto, sino que baja del firmamento, con escala en París. Los tres amigos se apretujan en un abrazo cargado de nerviosismo y esperanza. Y en tercer lugar llegó un gringo, un tal Clarence DeMar, en 2:48:14.

El periodista termina de leer el boletín y regresa al balcón. Desde ahí descubre a los tres hombres gritando y dando brincos y agarrándose las manos en lo alto. Tercer lugar, dice Santiago; medalla de bronce, dice Román, y uno de ellos agarra la pistola y suelta un disparo al aire. Vayan tras la gloria, señores, los juegos han comenzado; corran hasta morir, no avergüencen a su patria. Soy el finlandés volador, dice Santiago y comienza a correr en círculos; yo el italiano, lo secunda Román, el de la bandera sin águila, y entra en la carrera circular. Finalmente se suma Matus con pasos igual de ebrios. Soy el mexicano, el fondista del norte, el corredor inmortal de Monterrey, y no habrá gringos en nuestra fiesta de oro, plata y bronce. Que viva la Italia y que vuele la Finlandia. Abren los brazos y aletean mientras corren y ninguno de ellos se inmuta cuando a Román se le escapa un tiro que da contra cualquier pared. Viva la esperanza latinoamericana que surcó el olímpico trayecto por donde sólo las locomotoras se atreven. El círculo se va cerrando y pronto se trompican entre ellos y terminan en el suelo, abrazados, riendo, mezclando su aliento de alcohol. El periodista los mira embelesado e intuye que ahí hay una gran noticia, siente deseos de correr a su máquina de escribir y avisarle a sus cientos o miles de lectores que algo maravilloso ha ocurrido esa noche en la ciudad de Monterrey, y sin embargo ha de aceptar que nadie, salvo esos tres borrachos de la calle, puede descifrar ese prodigio. Su página quedará en blanco, y él será incapaz de hallar las palabras justas o falsas, prudentes o desorbitadas, para convertir los hechos en una noticia digna de ser leída en la próxima edición.

Ahora nos falta definir a quién le corresponde portar la bandera mexicana durante el combate, el mayor de los privilegios entre los soldados vivos, pues sobra decir que el honor supremo es el de quedar tieso en media batalla, no sin antes haberse llevado un puñado de rivales. ¿Y morir con la bandera?, pregunta Azucena. En la escala de la honra es insuperable, sobre todo si la bala que se encaja en el cuerpo antes atraviesa el escudo nacional; morir rígido y aferrado a la bandera para que ningún enemigo ose siquiera tocarla, y a la vez ser un cadáver dócil y flojo para que un compañero pueda recobrar la enseña patria y continuar enarbolándola porque la batalla no termina mientras verde, blanco y rojo sigan agitándose con el viento, no termina mientras el águila siga devorando a la serpiente, porque a fin de cuentas la guerra no es un asunto estadístico de a ver quién mata más rivales, sino de quién se mantiene de pie, de frente, sin mostrar la espalda ni los pies en polvorosa. Yo merezco la bandera, dice Comodoro, por ser el primer soldado en enlistarse, porque así lo ha dispuesto la inmaculada. La merezco yo, refuta el Milagro, porque soy un milagro. Ubaldo opina lo mismo sobre sí, aunque no encuentra un argumento para apoyar su causa. Eso lo decidiré más tarde, dice Matus, yo iré observando la conducta de cada quien y evaluaré los merecimientos con la mayor imparcialidad, sólo les advierto que nuestro abanderado no será como el de otros ejércitos que por su abundancia en efectivos se permiten el lujo de tener un hombre sin otra cosa en sus manos que el asta; no, señores, nuestro abanderado deberá cargar igualmente con fusil, espada, puñal y puños, de modo que habrá de llevar la bandera en la espalda hecha capa de superhéroe. Ante esas palabras el deseo de llevar la bandera se intensifica. Y con algo de suerte todos gozarán del honor, pues se nombrará del primero al quinto abanderado, o, dicho de otro modo, si el primer abanderado muere, será el segundo de la lista quien deba arrancarle la bandera y portarla; por eso es importante que no se le haga un nudo ciego ni un nudo de horca, sino uno de agujeta que fácilmente se desate del cuello del cadáver. Eso no es problema, dice Azucena, yo traje aguja e hilo, puedo coser un elástico en el extremo de la bandera para que se quite y se ponga sin dificultad, sólo necesito saber si el elástico iría en el verde o en el rojo. O puedes hacerle una raja en el centro, dice el Milagro, y la usamos como poncho. Sería sacrilegio, la bandera no ha de ser rajada por sus propios hijos. La idea del elástico es buena, pero impráctica, porque en nuestro camino no nos toparemos con mercerías de este lado del río, y del otro no hemos de entrar a ninguna tienda, salvo después de nuestra victoria, cuando nos demos al pillaje. Comodoro trajo varias trusas, dice el Milagro, podemos cortar una de ellas. Cuatro cabezas asienten, una niega y la de Cerillo permanece inmóvil. Decidido entonces. ¿Decidido por quién?, protesta Comodoro sin que nadie le haga caso. Ubaldo está seguro de que él será el elegido y, aunque no le entusiasma el elástico talla cuarentaidós en el cogote, se ve en lo alto de una colina, el viento le revolotea el cabello y hace papalotear la capa tricolor, símbolo de la unidad de nuestros padres y de nuestros hermanos; a izquierda y derecha avanza el enemigo, mas él permanece impávido, escuchando el silbido de los proyectiles que jamás osarán tocarlo.

Señor Clarence DeMar, escribe Matus incapaz de comenzar con la palabra querido o estimado, espero que pueda leer español ya que yo no escribo su idioma. Le envío estas líneas para aclarar un error. El día 13 de julio del presente año no participaron en el maratón olímpico cincuentaiocho corredores, como informaron los organizadores y repitieron los medios de comunicación; fueron cincuentainueve, pues el balazo de salida en París también sirvió para que el suscrito echara a volar sus piernas en la ciudad de Monterrey y recorriera la misma distancia que ustedes. La foto que le anexo se tomó ese mismo día, y como podrá observar, el cronómetro se detuvo en 2:47:50, o sea, veinticuatro segundos antes de su llegada. A diferencia de otros deportes llenos de trampas, golpes bajos y zancadillas, a diferencia de los que permiten el error o la mala voluntad de los jueces, el nuestro es puro y caballeresco. El hecho de que mi gobierno no tuviera interés en pagar mi boleto a París no hace que yo desmerezca el reconocimiento que me corresponde, pues yo lo vencí a usted en velocidad, aunque usted me haya derrotado en dólares. Por lo mismo le solicito que me haga llegar la medalla de bronce a la dirección que abajo le señalo. Sin otro motivo que alargue estas líneas, me despido de usted y quedo en espera de sus noticias. Atentamente, Ignacio Matus, corredor de fondo, medallista olímpico, Degollado 467 sur, Monterrey, Nuevo León, México.

Aunque no consiguió la dirección de Clarence DeMar, en el gimnasio del Círculo Mercantil le facilitaron la de los organizadores del maratón de Boston. Sin duda ellos se la entregan, le dijo el encargado del club deportivo, el señor DeMar es casi el dueño de esa carrera.

Matus pega estampillas de más en el sobre y lo entrega al despachador de la oficina de correos. ¿Cuánto tarda en llegar?, pregunta. Quince días a lo más, el hombre contesta sin siquiera ver el destino.

Un mes más tarde, Matus comienza a esperar el arribo del cartero. A veces lo ve pasar de largo, a veces escucha su silbato. El hombre trae invitaciones, recibos o tarjetas, nada con la consistencia del bronce.

En todo ejército es bueno que alguno de los soldados sea artista. Como general podré redactar mis partes militares, pero éstos sólo sirven para dar cuenta del valor o la cobardía de mi gente, informar sobre cifras de muertos y heridos, o piezas de artillería cedidas o tomadas; se narra un poco de la estrategia seguida en la batalla y se informa si se tomó alguna plaza, tratando de amplificar la importancia de ésta, así se trate apenas de un villorrio con tres casas de adobe. En un parte militar se considera de mal gusto hablar de la expresión de dolor de los heridos, de la posición grotesca de los cadáveres, de la mirada gallarda del artillero en el instante de hacer detonar su cañón, de la forma justa como se frunce una bandera entre el humo y el viento. No, Ubaldo, todo eso corresponde a tu arte, a la línea y el color, y si le llamo arte es porque has de olvidar un poco la realidad; a Comodoro no habrás de dibujarlo cuan gordo es, ni en sus eternos pantalones cafés de poliéster, ni con sus mejillas rojizas cada vez que realiza un esfuerzo, mucho menos con esas infames botas de hule, porque los héroes no son así. Necesitan una cabellera tupida y anchas patillas, un cuerpo grácil y férreo a la vez, como un bailarín que no fuera homosexual. Lo sé, dice Ubaldo, no diga más porque el artista soy yo, y ya tengo en mente cómo voy a representar a cada uno, incluso mi autorretrato, que se titulará Ubaldo mirando muertos desde ventana de El Álamo. Yo estaré recargado en el marco, apoyado en el hombro; afuera hay humo de fuego recién extinguido y catorce cadáveres se hallan en mi campo de visión. Tengo las manos en los bolsillos y los puños de mi casaca son grandes y rojos. Mi expresión revela triunfo pero no alegría, porque entre los catorce cadáveres está el de Comodoro. Matus le da una palmada, alza la vista y distingue una sucesión de lomas sin montañas, lo cual le indica que ya se hallan muy lejos de Monterrey. En tu grabado no habrá Obispado ni cerro de la Silla, sino Álamo y planicie, y por favor nada de banderas gringas. No se preocupe, Matus, mi arte es de buen gusto, porque entre los catorce muertos sólo hay un mexicano, y aunque sí habrá una bandera enemiga es porque al fondo se distingue a una cabra mascándola. En otro cuadro pintaré a Azucena, la maja de El Álamo, tendida desnuda en un diván, entre almohadones púrpuras; en otro estará Cerillo con los pies descalzos, flotando blanco y alado sobre el campo de la muerte; al Milagro es difícil pintarlo porque no sabe estarse quieto, así que le haré una miniatura, sólo para salir del paso. Cada uno tendrá su cuadro, Matus, incluyéndolo a usted. ¿Puedes pintarme más joven? Seguro, usted ordena. ¿Puedes teñirme el cabello de negro y colgarme una medalla de bronce?

Estimado general Matus, yo entrego un hijo y usted recibe un guerrero; buen negocio el suyo, porque para mí es cuerpo y sangre y alma, mientras que para usted es carne de cañón. Sin embargo no es mi propósito abrumarlo con lamentos de madre porque desde siempre fuimos hechas para llorar cuando la guerra llama a nuestros hombres, para darle a estos eventos su tono catastrófico y ablandar el espíritu de los héroes, para aguardar tras una ventana la llegada de los idos o, en algunos casos, para ser estupradas por el enemigo, cosa que no es tan mala porque inyecta rabia y osadía a nuestros combatientes, y una vez ganada la guerra podremos decir que, entre las mujeres, sólo las mancilladas hicieron algo por la patria. Por eso diga usted a Cerillo en un susurro, justo antes de la batalla decisiva, que su madre fue abierta en canal por una partida de buitres llegada de allende el río Bravo, dígale que mi resistencia fue inútil porque ellos eran muchos; de ese modo él y yo lucharemos juntos como siempre, de la mano, madre e hijo, y yo tendré derecho de ser mencionada en su biografía: Cerillo y su madre, un equipo de valor, el héroe y la heroína, y ambos han de estar orgullosos uno del otro, como el país lo está de los dos.

Aprovechando que la luna ilumina como alumbrado público, el Milagro camina entre los cuerpos dormidos y se oculta tras un árbol. Con su mano temblorosa escarba en el bolsillo y saca una hoja de papel que desdobla tras varios intentos. Trazos grandes y negros muestran una operación matemática. Hay que multiplicar ocho por once. El Milagro detesta ese once porque va más allá de sus dedos, y comoquiera cada vez le resulta más difícil contar con esas manos que no saben estarse quietas. Mira largamente los números y está seguro de que hubo un tiempo en que apenas requería de un instante para dar con la respuesta correcta. Pero su padre se queda dormido al volante y a él se le van las cifras, maldita sea. Ocho por once. Se frota la frente, trata de concentrarse. Ocho por once. Por favor, señor, tiene que ser fácil, es un número que se hace con dos círculos y dos números que se forman con un palo. Cierra los ojos y aprieta los párpados. Uno, dos, tres... pierde la cuenta en el seis. Uno, dos, tres... ahora la pierde en el cinco. Advierte que ocho y once comienzan con la misma letra, tal vez ahí está la clave; aunque vagamente recuerda que los números y las palabras tienen poco que ver. Uno, dos, tres, cuatro... La ansiedad hace que el temblor se agudice, y cuando el Milagro nota que se aproxima a un colapso nervioso opta por soltar un número al azar, el cuarentaidós, y lo acepta como la respuesta correcta. Ocho por once, cuarentaidós, dice en un susurro, ocho por once, cuarentaidós, y luego alza la voz para anunciar al mundo el resultado, sí, señor, cuarentaidós, damas y caballeros, cuarentaidós, y se pone a dar vueltas en torno al árbol, feliz, triunfante, mientras suelta más operaciones matemáticas, incluyendo restas y divisiones, que también dan como resultado cuarentaidós, y da brincos y voces y aprovecha el vaivén de sus brazos para menear una danza jubilosa y, poco después, cuando exclama que es un milagro, un genio de las matemáticas, el amo de los números, Ubaldo alza la cabeza para pedirle que se calle de una vez y para siempre.

La carreta se estaciona en un paraje arbolado fuera del camino y la mula se abalanza sobre la hierba fresca. Voy a bajar al pueblo, dice Matus, ustedes espérenme aquí. ¿Nos permite ir con usted?, pregunta Comodoro al tiempo que se endereza el peinado, podemos dejar otra vez a Azucena cuidando nuestras cosas. Ahora no, sólo voy a comprar provisiones. ¿Y si no regresa?, Ubaldo tiene un rifle en las manos, hace tiempo se le ocurrió que más vale estar alerta, ¿quién va a ser el jefe? Claro que voy a regresar; bajo al pueblo, entro en una tienda, compro comida y bebida, y al regresar es imposible descaminarme porque este punto es lo único verde entre tanta sequedad. La gente va y viene a las tiendas en tiempo de paz, insiste Ubaldo, pero en época de guerra uno puede salir por leche y recibir un agujero en la cabeza; en estos tiempos hay que tomar precauciones, como andar lejos de los campanarios porque son el sitio predilecto de los francotiradores, y yo he visto que si los jefes dejan a sus subordinados, antes les dan instrucciones y establecen un plazo: si no he vuelto para tal hora, denme por muerto y prosigan con la misión, destruyan el puente, díganle a Beatriz que todo fue por darle un mejor futuro. Matus resopla; de acuerdo, dice, si no regreso dentro de tres horas, pueden seguir sin mí, ninguno de ustedes será el jefe porque han de funcionar como una cooperativa, y a la tal Beatriz díganle que hubiera sido un placer conocerla. Se despide y camina sin prisa hacia el pueblo; tres horas bastan y sobran para surtir los víveres y tomarse un trago.

La brisa bajo los árboles es acogedora. Azucena le seca el sudor a Cerillo y le ayuda a girar para que se recueste del lado contrario, pues en la mejilla derecha tiene marcas de la cobija arrugada. ¿Qué hacemos?, pregunta Comodoro. Podemos silbar, dice el Milagro, yo sé que los ejércitos silban cuando marchan. Ubaldo niega con la cabeza. No te engañes, yo también lo he visto, pero es sólo cuando están en su cuartel; si silban en medio de la selva les corta el cuello un oriental. Puedo leerles un cuento, dice Azucena. Cerillo sonríe sin abrir los ojos, los demás muestran cara de fastidio. Sólo trajimos el del pollo que quiere ser rey, y ya sabemos que al final le ponen su corona y el pueblo entero lo aclama con cacareos. Cerillo revolotea entre las cobijas y se pone a aletear. Nadie da otra idea para pasar el tiempo en espera de Matus. Al rato los cinco están recostados en la caja, mirando las copas de los árboles que oscilan con el viento, las aves que pasan sin detenerse; uno por uno se van quedando dormidos. Lo último que Azucena piensa tiene que ver con sus dientes: el dentista le dijo que eran fuertes. Hace tiempo que no me los lavo, tal vez nadie querrá besarme cuando vuelva a Monterrey. Comodoro piensa en un disparo que se escucha desde lo alto; la gente echa a correr y del campanario sale un hilo de humo.

El milagro despierta con el sol en el rostro. Caballeros, somos el ejército más imprudente de la historia contemporánea; nos hemos quedado dormidos sin dejar al menos un centinela. Habremos de agradecer a la providencia que no tengamos cada quien un puñal en el pecho o un tajo en el cuello. Salvo Cerillo, que permanece inmóvil, los demás entreabren los ojos y comienzan a desperezarse. Cualquiera merece una siesta, dice Azucena. ¿Siesta?, reclama el Milagro alzando cada vez más la voz, yo soñé toda mi vida, desde mi primer juguete, un camión de volteo amarillo, hasta que Matus se fue al pueblo por víveres; es un sueño largo y con detalles que para exhibirse requiere de toda la noche de un sábado y la libertad de dormir el domingo hasta mediodía. Ubaldo se levanta de un brinco. ¿Ya es mañana? Tenemos que continuar la marcha. Yo sentí que apenas dormité unos minutos, dice Azucena, ni siquiera me ha hecho digestión la comida. Eso es porque las mujeres no digieren bien cuando salen de viaje, aclara Comodoro, yo sospecho que el Milagro tiene razón, yo no tuve un sueño sino una visión en la que un emisario del gobierno extranjero le disparaba a nuestro general desde el campanario. Pude ver el humo de la pólvora, aunque no el cadáver ni al homicida. Sólo los hombres bragados se mezclan sin escolta entre la gente del pueblo. Oremos por nuestro malogrado general.

Hay poco que decidir. El Milagro fustiga a la mula y ésta echa a andar sin remilgos. Ubaldo lleva la vista vigilante al frente y Comodoro en la retaguardia. Azucena va de rodillas, articula dos oraciones, una por el alma de Matus, y otra para que la buena estrella los guíe hacia el norte.

Señor Clarence DeMar, todos sabemos que el ganador del maratón en las olimpiadas de Londres en 1908 fue Dorando Pietri, un italiano que a pesar de tomar caminos equivocados y desvanecerse más de una vez, llegó a la meta antes que nadie. Tanta voluntad, tanto coraje, y resulta el hombre no tiene medalla de oro ni plata ni bronce. ¿Por qué? ¿Cuál fue su pecado? La mala fortuna le vino porque el corredor que llegó detrás de él no era checo ni belga ni francés ni finlandés ni de ningún otro país que se hubiera quitado el sombrero ante el esfuerzo sobrehumano del señor Pietri; para desgracia del deporte, el corredor en segundo sitio fue John Hayes, un gringo que, como todos ustedes, busca el oro por encima del decoro. No sé cómo la delegación estadounidense presionó o sobornó a los jueces para que revirtieran la decisión original y le concedieran al tal Hayes el primer sitio a pesar de ser a todas luces un segundón. Para ustedes, el lema olímpico es citius, altius, fortius, robius, todo vale con tal de sumar, al fin y al cabo los informes muestran números y un cuadro de medallas, por eso no importa quién llegó primero sino quién se queda con el oro. Sin embargo resulta que en la historia no todo son números, y mientras Hayes se pierde en la oscuridad del olvido, Dorando Pietri crece y se convierte en la encarnación del olimpismo. De haber conocido la vergüenza, Hayes habría pedido una disculpa, habría devuelto la medalla a su real merecedor. Pero Hayes es gringo y debió exhibir su medalla en una vitrina y decir a cuantos le preguntaran que él ganó, que él es el número uno. Pobre señor Hayes, pobre diablo en baño de oro.

Señor DeMar, no cometa usted el error de su compatriota y envíeme la medalla cuanto antes. Atentamente, Ignacio Matus, corredor de fondo, medallista olímpico, Degollado 467 sur, Monterrey, Nuevo León, México.

Matus regresa al punto donde dejó la carreta estacionada. Comodoro, grita, Milagro, ¿dónde están? Hace su pregunta sin esperanza, pero no está de más, no descarta la posibilidad de que lo estén vigilando tras unos arbustos y pronto aparezcan riendo. Te engañamos, Matus, creíste que nos habíamos marchado sin ti, y él, aunque lleno de rabia, negaría con la cabeza al tiempo que sonríe y les llama pilluelos o bribones o cualquier otra palabra que jamás se usa con sinceridad, máxime cuando la única sinceridad sería tomar una vara y partirles la crisma. Voy a enseñarles a no andarse escondiendo de su general. Azucena, Ubaldo, ¿dónde están?, llama al tiempo que divisa una vara adecuada para la tarea, y ni para qué gritarle a Cerillo.

La vereda polvosa no ha guardado las huellas de la carreta, que habrán desaparecido con la primera brisa. Treinta metros delante hay un entronque. Matus tira las bolsas de la compra y ve rodar una manzana; la tierra se humedece con la leche que traía para Cerillo. Se arremanga el pantalón, se quita la camisa y la enrolla en su cabeza para improvisar un turbante que lo proteja de la resolana. Antes de arrancar, hace el juramento de rigor: el infrascrito declara bajo palabra de honor que es amateur según las reglas olímpicas del amateurismo y que es ciudadano del país cuya representación ostenta en los juegos olímpicos. Lo firma al calce y escribe la fecha; se santigua y suena el balazo. Ahora Clarence DeMar es una mula que remolca una carreta, y Matus tiene menos de treinta metros para decidir si toma el camino de la izquierda o el de la derecha.

Comodoro despierta bocarriba en la carreta y se dice que la vida de un soldado es bella. Tiene días sin escuchar una orden de las maestras, sin recoger botellas vacías de cerveza, sin lavar platos; ahora abre o cierra los ojos a la hora que le place y mira adondequiera y camina por las veredas sin necesidad de voltear a ambos flancos, seguro de que no será arrollado por un ruta uno. Sí, de acuerdo, cualquier día de estos me clavan una espada por la espalda, pero no diré que no valió la pena.

Se da cuenta de que la carreta no avanza y, a juzgar por el cielo claro y sin sol, calcula que está amaneciendo o está por oscurecer. Escucha el correr del agua y entonces alza la cabeza. Unos metros adelante descubre un río. Distingue a Cerillo, el Milagro y Azucena en la ribera, tomados de la mano. Comodoro baja de la carreta y pregunta dónde estamos. ¿No lo adivinas? ¿Es el Bravo? El Milagro asiente. Hay que jugarnos la vida para cruzarlo, y todo para llegar al otro lado y poner nuestras vidas aun en mayor riesgo, qué siniestra suerte la nuestra. Comodoro mira la tierra que pisa, mira la que se halla del otro lado y le cuesta trabajo imaginar que cada terreno pertenezca a un país distinto. Matus tiene razón, dice, lo que está al otro lado también es México, siempre lo será sin importar las muchas guerras que se pierdan. O que se ganen, dice el Milagro, porque yo no vine hasta acá para perder. Cerillo se deja caer al suelo, gatea hasta la orilla y comienza a beber. Azucena piensa en un cocodrilo sorpresivo que sólo deja un zapatito blanco para atestiguar que Cerillo estuvo ahí. No te acerques tanto, mejor llena tu termo y bebe como la gente. ¿Y cómo vamos a cruzar?, pregunta Comodoro, ¿tienen un plan? Sí, gordito, responde el Milagro, el plan lo hicimos hace tiempo, cuando vimos las fotos de los peces. Comodoro se voltea indignado; piensa insultarlo, mas en eso descubre que de entre los matorrales sale Ubaldo con una vara de dos metros cabalmente afilada en la punta. No, grita Comodoro, no estoy listo para eso, y se proyecta hacia la otra ribera en una carrera desaforada; alcanza a dar ocho o diez trancos cuando las aguas le llegan a las rodillas y lo hacen tropezar. Corre, gordo, nada, salta, no permanezcas en el fatídico torrente. Vuelve acá, le grita Ubaldo, pero Comodoro no está dispuesto a hacer devoluciones. Se levanta y sigue avanzando, colorado de temor y de pujanza, con pasos que pesan el doble por las botas llenas de líquido. El río se profundiza hasta que el nivel le llega a la cintura; él pisa con cuidado, siente la variedad y la magnitud de las piedras a sus pies y sabe que otro tropiezo lo hará víctima de la corriente que lo llevará cual boya hasta el golfo de México. Sálvame, inmaculada, si alguna vez has de mostrarte milagrosa, que sea ahora. Avanza un poco más y las aguas se debilitan. El nivel baja de cintura a muslo, a rodilla, y al fin a los tobillos. Comodoro pisa tierra firme y se deja caer, primero rodillas, luego vientre; sus botas vierten litros. Permanece en el suelo reflexionando sobre su lance. Ha sobrevivido a lo que pocos hombres, puede ya sentirse un héroe. Ahora corresponde a sus compañeros empatar la hazaña, que ciertamente es inigualable porque sólo él llegó primero, sólo él merece el oro. Aunque Comodoro continúa perfectamente vestido, elige imaginarse descamisado, descalzo, los pantalones rasgados, tumbado en una arena distinta de esa tierra, con un cosquilleo de cangrejos en la espalda. Estoy vivo, susurra para sí, y le molesta no escuchar algarabía del otro lado del río.

Eventualmente se incorpora y observa la expresión solemne de sus cuatro compañeros. Ubaldo sostiene aún la pértiga puntiaguda y Comodoro no cabe de gusto: en un instante se salvó de un empalamiento, de las fauces de las pirañas y de las traicioneras corrientes del río Bravo. Soy inmortal, dice para sí, ahora estoy listo para enfrentar a cualquier horda de forajidos de pelo en pecho. ¿Qué esperan?, grita en tono retador, ¿no van a cruzar? Ahora no, responde Azucena con las manos en bocina, ya va a oscurecer.

El gordo Comodoro mira a su derecha el leve resplandor de un sol perdido. Él necesitó un minuto para cruzar, no es lógico que la inminente noche sea motivo para quedarse en el lado mexicano. Seguro se pusieron de acuerdo, me quieren castigar por adelantarme, o peor aun, es un chantaje para que vuelva con ellos y entonces no habrá salvación, seré ensartado y devorado, seré carne y hueso sumergidos, seré sangre que tiñe la frontera de mi país.

Por un tiempo se miran inmóviles, en silencio; sólo el correr de las aguas indica que no se trata de una fotografía. Al rato aparecen las estrellas. Es hora de montarse en la carreta porque la oscuridad junto al río trae serpientes y coyotes, alacranes y tarántulas.

Llegará la medianoche, la madrugada, y la luna se verá reflejada en el agua del río y en los ojos bien abiertos del gordo Comodoro.

El río se tiende amenazante al frente, brillante con el sol de la mañana. Es hora, dice Ubaldo, no tiene caso demorar nuestro destino. El Milagro hace avanzar a la mula hasta un metro antes de la orilla. Si zozobramos será sálvese quien pueda, nada de mujeres y niños primero. Lástima que no tengamos un colchón inflable, dice Azucena, con mi último aliento lo inflaría para recostar a Cerillo y dejarlo perderse corriente abajo, a salvo, allá donde el río se vuelve un lago cristalino y un grupo de pescadores lo suba a su bote y le ofrezca un vaso de leche tibia. ¿A qué hora van a cruzar, cobardes?, grita Comodoro desde el otro lado. Las botas de hule siguen mojadas por dentro y los pies despiden un intenso olor de humedad; sus dedos son pasas. Es mejor que se ahogue, dice Ubaldo; los pescadores son gente sin escrúpulos, lo harían pasar por salmón para venderlo por kilo a la empacadora que ofrezca más. Azucena le endereza el peinado a Cerillo y le susurra que no se preocupe porque van a cruzar el río sin mayor contratiempo. He escuchado que en el otro lado hay tiendas muy grandes donde todo es más bonito y barato que en México, y mi marido Comodoro trae dinero para comprarte lo que quieras. El Milagro golpea a la mula en las ancas y le ordena que avance. Anda, no te detengas hasta dejar atrás nuestro país, olvida la querencia y avanza, elévate, muestra el vigor de tu zancada, corre hacia el sueño americano. Pronto las patas de la mula y las ruedas de la carreta se encuentran en el cauce. Rápido, animal, que las pirañas te detectaron y vienen hacia acá. La mula se detiene feliz a beber y ni el más duro de los fustazos del Milagro evitará que se zampe el agua que hace tanto se han olvidado de darle. Ubaldo toma la pértiga y la clava azarosamente en el río; en cada pincha-zo supone que extraerá una piraña ensartada. Comodoro aban-dona su soberbia y se pone a lanzar piedras con la intención de desnucar a cualquier ser maligno que amenace con devorar las patas de la mula. Es la peor de las muertes, gimotea Azucena, y todo por culpa de Comodoro, que otra vez faltó a su juramento y no abandonó a un compañero, sino a todo el regimiento en las fauces del enemigo. No estaríamos en este apuro si el valiente Caralampio viniera con nosotros. La mula se acuclilla y entorna los ojos de placer con el agua que le rebasa el lomo. ¿Cuánta distancia hay de aquí a la orilla mexicana?, pregunta Azucena. Ubaldo se para en el filo de la caja con los brazos cruzados. No sé, unos tres o cuatro metros. ¿Crees que podamos lanzar a Cerillo hasta allá?, tú lo tomas de los brazos y yo de las piernas y lo columpiamos tres veces antes de soltarlo. Empleando todas nues-tras fuerzas sí lo hacemos volver a México, aunque tal vez se golpee la cabeza, se descalabre y se quede tonto. Al otro lado Como-doro se arrodilla, pide perdón por la arrogancia del ejército iluminado, que no aceptó cruzar el río con visa y pasaporte por un puente, como el común de los mortales. ¿Adónde van?, preguntaría el oficial de migración. Aquí nomás, señor, a invadir El Álamo. Hurga en los bolsillos en busca de la inmaculada. Al no hallarla inspecciona su alrededor. Pronto comprende que la perdió en el río, que ella se entregó en sacrificio para que él salvara la carne. Ahora los iluminados están solos, nadie vela por ellos, nadie se inmolará por ellos. Se incorpora con las rodillas adoloridas y se acerca a la ribera tanto como le permiten el valor y la prudencia. Azucena, grita, ¿me amas? Ella comprende que es momento de arreglar su situación testamentaria. Mis lápices de colores, mi cobija y mi lámpara son tuyas, lo demás son cosas de mujeres, te pido una ceremonia en la basílica, invita a todo el instituto y a las maestras, y ya que no habrá cuerpo mío para enterrar, pon en el altar la fotografía que está sobre mi buró, la del vestido verde, y si puedes lleva también el vestido verde; pero si el gobierno manda un buzo a rescatar nuestros esqueletos, y si acaso sin carnes no se distingue quién fue mujer y quién hombre, Azucena estira el cuello de su blusa hasta dejar el hombro izquierdo al descubierto, toma nota de que el mío es el de la clavícula saltona, y no conozcas varona hasta haberme guardado un año de luto. Lo juro, grita Comodoro, y piensa en la existencia de un manifiesto del viudo que habrá de violar en el siguiente pueblo si encuentra a una señorita digna de sus amores. Ubaldo mira el envuelto con los rifles, pero recuerda que la maestra les contó que las pirañas atacan por millares; es caso perdido, ni con una ametralladora podría acabar con ellas. Reflexiona un instante y propone otra solución. He visto que el fuego sirve para librarse de este tipo de amenazas; un incendio bien hecho, y las hormigas desaparecen, los bisontes se alejan, los pigmeos se rinden, y al final uno se acomoda el sombrero y mira la devastación desde la seguridad de una loma. Con la cantidad adecuada de gasolina hasta un río puede incendiarse, pero nunca se salvan todos, siempre hay un traidor obeso y mal rasurado que es devorado por las bestias o por las llamas. Comodoro se pasa la mano por las mejillas y siente su tersura. ¿Y la mujer?, pregunta Azucena. La mujer es hija del doctor o del científico de la expedición; llega caprichosa, irres-ponsable, aunque pronto madura. Siempre es bella, se la pasa gritando y al final sobrevive intacta, a no ser por una torcedura de tobillo. Usen la gelatina, grita Comodoro, en mi mochila hay un paquete, el río se hará sólido y podrán caminar hasta el otro lado. Azucena actúa de inmediato; abre la caja y echa el polvo hacia atrás de la carreta. Lo ve volar con el viento. El poco que cae en el agua la tiñe de verde por un instante, en lo que acaba de diluirse y marcharse más allá del paisaje. A Comodoro le irrita que planearan usar el vado gelatinoso para dar marcha atrás.

El Milagro mira al frente, sentado en el pescante, silencioso; sabe que su situación es más comprometida que dando tumbos en auto gris. Es hora de regresar a Cerillo a la tierra que lo vio nacer, dice Azucena. Ubaldo lo ve acurrucado entre las cobijas de lana. Vamos a amarrarle la bandera a modo de capa, dice, así lo aventamos con poca fuerza, llega más allá de la orilla y desciende suavemente, sin despertarse. Comodoro lanza otra piedra con tan mala puntería que golpea a la mula en el belfo; ésta se incorpora y empieza a caminar hacia la orilla. Los iluminados contemplan maravillados sus patas sin mordiscos.

Minutos después todos van montados en la carreta. Ya no se escucha el correr del río. Avanzan por un camino que apunta hacia el norte. Miran el paisaje, van en silencio; nunca hablarán sobre ese episodio en el que sintieron la muerte tan cercana.

La oficina es oscura gracias a unas gruesas cortinas cerradas que no dejan pasar el sol de media tarde; el bullicio y el repiqueteo de máquinas de escribir sube cada vez que alguien abre la puerta, cosa que ya tiene rato de no ocurrir. Sobre el escritorio metálico hay un vaso de refresco a medio beber, un plato de cartón manchado de grasa y una servilleta hecha bola; también hay un cigarrillo encendido en un cenicero. De las paredes cuelgan recortes de periódico sobre robos y asesinatos; uno de ellos muestra la fotografía de un cuerpo bocabajo y sangrante en blanco y negro. El oficial Álvarez apoya los codos en el escritorio y echa el torso hacia delante para amedrentar a Caralampio. Me dicen que no se debe interrogar a alguien como tú, que sólo una sicóloga debe hacerte preguntas, que seguir contigo el procedimiento normal puede causar graves daños a tu desarrollo, y sin embargo hay unos chicos extraviados por tu culpa y yo soy el responsable de encontrarlos sanos y salvos, aunque a estas alturas ya no sé si eso sea posible. Caralampio presta poca atención, hace rato observa el cigarrillo en la ceja del cenicero. El oficial Álvarez lo chupó sólo una vez, al prenderle fuego; ahora muestra una larga cola de ceniza que amenaza con quebrarse en cualquier momento. El discurso del oficial Álvarez sobre la justicia, que debe tratar a todos por igual, es apenas un eco en la oficina. De nada te valdrá ocultarte tras esa cara inocente, piensa que tus compañeros pueden estar ahora en manos de un hombre perverso, piensa que cada cosa que les hagan será como si tú la hubieras hecho, y piensa sobre todo que entre tus amigos iba una muchachita y a ella le pueden ocurrir las peores cosas. Caralampio cierra los ojos unos segundos; se dice que cuando los abra, la ceniza habrá caído. Cuenta del uno al diez y los abre. El humo continúa su ascenso en línea recta por unos centímetros y después se descompone en nube. El cigarrillo ya es mitad ceniza. Caralampio piensa en una marca mundial. Su padre también fuma y a veces olvida el cigarro en cualquier sitio, pero basta la más ligera brisa para que la ceniza se quiebre, o la ansiedad resulta tal que Caralampio la troza con el índice. Supone que la oficina debe ser hermética y, aunque trata de controlar su impaciencia, en un instante de debilidad acerca su mano al cenicero. Estate quieto, dice el oficial Álvarez, crúzate de brazos, aquí sólo tienes permiso para decirme dónde están tus compañeros, por qué llevabas una pistola en tu mochila, qué pensabas hacer con ella, tenías un objetivo premeditado o sólo se trataba de disparar al azar para ver quién cae, qué propósito tenía la bolsa de veneno para ratas. Demasiadas preguntas, piensa Caralampio, y hechas sin gentileza, sin ponerle la mano en el hombro ni quitarle el fleco de la frente, sin la voz dulce de la maestra que le da completa libertad para comunicarse; cuéntame lo que estás pensando, Caralampio, y él habla de un hombre que se hizo invisible en la televisión y bebía té, y uno podía ver la taza en el aire; haz un dibujo del sitio donde están tus amigos, y él pinta un campo de batalla con explosiones y varios muertos; la maestra toma el dibujo y en susurros habla con la directora del instituto: mire esta atrocidad, sin duda Caralampio atraviesa por una crisis, tal vez su madre lo golpea, la escena de la batalla representa la violencia intrafamiliar, las explosiones son los insultos verbales, y este hombre que da órdenes ha de ser su padre; mire al muchacho de la trinchera, seguro se representa a sí mismo, hundido, apocado, queriéndose ocultar del mundo. La maestra sonríe y ensaya una voz suave y le dice, muy bien, Caralampio, ahora te voy a mencionar una palabra y tú me dices lo primero que salte a tu mente; ella dice gato, él responde guitarra. Pero el oficial Álvarez no hace por parecer amable, huele a cebolla y sonríe como los rufianes de las historietas cuando dice aquí nos podemos quedar todo el día y toda la noche y tú no verás a tu madre hasta que respondas a mis preguntas. Caralampio no puede más; se pone a brincar para hacer vibrar el suelo; brinca tan alto como puede y endurece las piernas al caer. Tras varios intentos la ceniza se quiebra. Sí, grita Caralampio, lo logré, mejor que el mejor de la historia, y comienza a dar incontables vueltas felices hasta marearse y caer. En el suelo mueve piernas y brazos como corredor, lo que provoca que continúe girando, con su cadera como eje. Tararea una melodía feliz y no se detiene aunque su cabeza se dé golpes contra paredes y patas de muebles. El oficial Álvarez chupa su cigarro y admite que al muchachito este no se le puede interrogar como dios manda.

El Milagro cabecea con la rienda en las manos; le cuesta trabajo mantenerse atento al camino y se pregunta si esa es su responsabilidad o si la mula por sí sola se encarga de los pormenores del trayecto. La respuesta le llega con un puñetazo en el brazo. Despierta, le dice Ubaldo, eres igual que tu padre, quieres dejarnos caer por un acantilado en el kilómetro treintaiséis, al fin y al cabo todos morimos y tú te amilagras por segunda ocasión, y una vez demostrado que a ti las caídas no te hacen mella te ganarás la vida arrojándote en un barril desde cualquier catarata. El adalid de la patria convertido en cirquero; desdichada patria la nuestra. Necesito un relevo, dice el Milagro, no nada más a Cerillo le hace falta dormir. Ubaldo toma las riendas, nervioso, pensando en toda clase de riesgos, en una mula desbocada que levante tal cantidad de polvo que haga imposible conocer el rumbo; las ruedas comienzan a desgajarse, volviendo inminente el punto en el que se han de descoyuntar; un reguero de cuerpos queda en el camino, la mula llega sola a El Álamo y el infeliz del Milagro alza los puños y grita soy un milagro. Pero ése no es el riesgo que lo tiene más preocupado. Se da la vuelta y llama a Comodoro. Yo he visto que alguien debe siempre marchar por delante, así se entera de antemano de los peligros que amenazan a la tropa; en una emboscada sólo le disparan a él, nos avisa si hay un puente roto antes de que sea imposible frenar y, sobre todo, es el primero en caer en las arenas movedizas. Comodoro está a punto de negarse. Aunque confía en sus botas no las cree tan prodigiosas como para dejarle los pies ilesos en caso de pisar una mina; sin embargo descubre que Azucena viene escuchando la conversación y lo mira con ojos ilusionados. Toma un fusil y se sienta en el filo de posterior de la caja; uno, dos, tres, cuenta, y afloja el trasero para apearse de la carreta. Se tambalea al aterrizar, pero alcanza a mantenerse en pie. De inmediato apremia sus pasos rechinantes hasta colocarse al frente. Más rápido, le dice Azucena cuando nota que la mula lo empieza a alcanzar. Comodoro acelera unos segundos, sólo unos segundos porque el cansancio lo vence y de nuevo el animal le pisa los talones. Hazte a un lado, le grita Ubaldo, incapaz de frenar. El rifle pesa mucho, balbucea Comodoro. Aprovechando la cercanía, Ubaldo le da un consejo: si caes en arenas movedizas, mantente quieto, no trates de salir porque te hundes más; espera a que te lancemos una cuerda. Aun si tu cabeza se sumerge alza las manos, no pierdas las ilusiones. Comodoro hace otro intento por rebasar a la mula. Le desilusiona que sus botas de hule no lo hayan vuelto expedito e incansable. Será una muerte espantosa, dice Azucena en voz baja, para que sólo Ubaldo la escuche; él nunca usa el pasamanos del instituto porque sus puños son incapaces de sostenerle el peso. No importa cuántas cuerdas le arrojemos, Comodoro se nos va a hundir. En el instante en que la arena se lo trague hay que disparar, así le ahorramos la oscuridad y la desesperanza, ya que natura nos habrá ahorrado el sepulcro. Cinco minutos después Comodoro se halla irremisiblemente a la zaga de la carreta, que a cada instante le saca mayor ventaja; se siente desfallecer mientras ruega que alguien note su ausencia, que alguien conozca el secreto para detener esa mula o, por amor de dios, que alguien recuerde el juramento que hicieron al manifiesto del soldado.

El gordo Comodoro abre los ojos cuando escucha pasos cercanos; siente la boca seca, la respiración le quema; ya superó el momento en que su corazón iba a detenerse. No estoy muerto, compañeros, pero poco faltó. ¿Y el rifle?, pregunta Ubaldo. Lo tuve que soltar allá atrás, no sé a cuántos pasos. El Milagro va por él mientras Azucena le echa agua en la frente a Comodoro, quien se halla de espaldas en medio del camino, los brazos abiertos y el rostro colorado, sobre todo las mejillas. Voy a contar hasta diez, le dice Ubaldo, si no te levantas nos vamos sin ti. Comodoro voltea el cuerpo porque para ponerse en pie ha de colocarse primero en cuatro patas. Una vez apoyado en manos y rodillas, sostiene la posición en lo que toma aire y fuerzas. Sin embargo siente los músculos blandos, incapaces de completar la faena. Por favor, Azucena, pídele a Ubaldo que cuente despacio.

En el fondo del camino distinguen a un hombre que avanza hacia ellos. ¿Qué hacemos?, dice el Milagro. Ubaldo evalúa la situación y hace un plan. No detengas la carreta, sigue como si nada, silba una tonada casual, pónganse a leer un magazín, tal vez podamos pasar desapercibidos, como turistas; el asunto es no darnos a notar ni derramar sangre hasta que lleguemos a El Álamo, pero si el tipo se pone agresivo, nos echamos encima de él y lo estrangulamos discretamente. Cerillo quiere ir al baño, dice Azucena. Que se aguante, ordena el Milagro. La distancia entre ellos se va recortando poco a poco; Comodoro comienza a transpirar porque sabe que él será quien habrá de saltar encima del hombre. Algo lleva en el brazo, Ubaldo aguza la vista, puede ser un arma. El Milagro se siente tentado a jalar la rienda, a ordenarle a la mula un cambio de rumbo; no desea toparse con el hombre porque ahora piensa que se trata del soldado más avanzado, el que hace las veces de lo que Comodoro no pudo hacer, y atrás de él vienen tres impetuosos regimientos de infantería. Cerillo ya no aguanta, insiste Azucena. Dile que haga fuera de borda, porque no nos vamos a detener. Por suerte el camino es llano y Cerillo es capaz de mantener su equilibrio al pararse en el extremo derecho y bajarse sus pantaloncillos blancos. Comodoro aprieta puños y dientes ante el inminente encuentro con el hombre. Ubaldo revuelve torpemente su mochila hasta hallar el sacacorchos; tú le aprietas el cuello y yo lo trepano. Llega el momento en que sus trayectos se encuentran. El hombre descubre al blanco querubín orinante de la iglesia de San Sebastián, tira su azadón y se arrodilla con la cabeza gacha. ¿Lo matamos?, pregunta Comodoro. La carreta se sigue de largo, el chorro de Cerillo se vuelve intermitente, y el hombre continúa en su piadosa pose. Dejémoslo vivir, dice Ubaldo, parece un hombre de paz.

Hoy Arechavaleta trabaja para una empresa textil, donde se hace llamar gerente de operaciones y relata con satisfacción que tiene más de trescientos empleados a su cargo y que el año anterior fue responsable de implementar un nuevo proceso de hilado; está casado con una mujer a la que llama mi vida y que le dio tres hijos, ninguno de los cuales asiste al Colegio Francomexicano. Es que ahí no enseñan inglés, explica, y hoy por hoy es más importante que el español, es el idioma de los negocios, y pronuncia la frase con la suficiencia de un sabio, como acostumbraba hacerlo cada que decía estupideces en el salón de clases. Dice recordar vagamente al profesor Matus, y asegura que desconoce los motivos por los que dejó de dar clases. Nota que su taza está vacía y oprime un botón para solicitar café a su secretaria. ¿En qué nos quedamos?, pregunta, y luego de guardar silencio en tanto la secretaria entra y sirve el café, él mismo se responde. Ah, sí, el profesor Matus, era un buen hombre.

A pesar de haber envejecido prematuramente, el gerente de operaciones conserva un gran parecido con la foto del niño del anuario. E igual que en aquel entonces, dan ganas de partirle el hocico.

El Milagro detiene la carreta en una vereda bordeada por mezquites y le chista a sus compañeros, que vienen adormilados en la caja. Al fondo se divisa una casona antigua de dos pisos y paredes descascaradas. Los iluminados salen de su letargo y asoman las cabezas. La edificación es simétrica, con un portón doble al centro, un balcón encima de éste y un par de ventanas enrejadas de cada lado, dos arriba y dos abajo. En el techo, sobre el balcón, se yergue una cruz de concreto cuarteada por los años. Comodoro observa la casona y jura que escucha un coro de aleluyas llegado del cielo. El Álamo, dice, hemos hallado nuestro destino. ¿Y qué esperabas?, le reclama el Milagro, yo vengo conduciendo la carreta. Cerillo mira su entorno, reconoce que aún no es hora de levantarse y se acurruca de nuevo. ¿Ahora qué hacemos?, pregunta Azucena. El Milagro se encoge de hombros. Ubaldo sube al pescante y se dirige a los demás. Yo esto lo he visto muchas veces. Hay que enviar a dos voluntarios para que rodeen El Álamo por lados contrarios; no pueden llevar armas de fuego, sólo punzocortantes. Hay que sorprender a los vigías por la espalda, y darles un golpe con el canto de la mano a la altura del hombro para que se desmayen, o en casos extremos, taparles la boca y arrastrarlos a lo oscuro para acuchillarlos. Una vez que limpiemos el exterior, podemos cargar contra la puerta y lanzar balazos a diestra y siniestra. ¿Quién va conmigo?, pregunta Ubaldo, y Comodoro titubea mientras piensa en un vigía de gran estatura, con hombros más allá de su alcance. El Milagro alza la mano y Azucena le da un beso en la mejilla. Los demás agarren sus rifles, dice Ubaldo, y sólo entren en acción si algo sale mal. Azucena le acerca un rifle a Cerillo, quien lo abraza como a oso de felpa; ella le toma el índice y lo coloca en el gatillo. Comodoro se echa de pecho y apunta hacia el portón. Ve a los dos valientes que se alejan. Ha de disparar si algo no sale bien, pero si ese algo es la silenciosa muerte de sus compañeros por detrás de El Álamo, su disparo llegará a destiempo y deslugar. Sabe que no debe apartar la vista del frente, su obligación es cuidar a los compañeros, y sin embargo lo asalta la imagen de un hombre a su espalda, desenvainando un puñal. Ampárame, inmaculada, ampárame, dios de la guerra justa.

El primero en completar la vuelta es Ubaldo y hace una seña a Comodoro y Azucena para que se acerquen. Se reúnen los tres y en susurros acuerdan que el siguiente paso debe ser el asalto a El Álamo. El Milagro tuvo una emergencia allá atrás, aclara Ubaldo; no ha de tardar en reunirse con nosotros. Ahora el plan es aprovechar el peso del gordo Comodoro. Él se lanzará contra la puerta y, tan pronto la abra, entrará el resto de la cuadrilla y disparará a cuanto humano se mueva. Recuerden que no utilizarán expresiones como arriba las manos o suelten las armas, pues en la guerra se omiten esos formalismos policiacos.

Esperan a que llegue el Milagro; entonces Comodoro respira profundamente y trota sin elegancia hacia la puerta, las piernas muy abiertas para evitar el roce de los muslos. En cada paso deja escapar un gimoteo por el esfuerzo que le representa correr. Once trancos y da consigo contra la madera sin poner las manos, vientre y pecho primero. El aire lo abandona en fuelle y Comodoro emite un quejido afeminado, a decir de Ubaldo, cuando rebota y cae sentado en el suelo.

Mi velocidad y peso fueron los correctos para derribar la puerta, dice al volver con sus compañeros, el problema fue mi blandura. Por eso quiero intentarlo de nuevo, pero con una roca. Repasa el terreno hasta dar con un melón achatado de piedra. Lo levanta a la altura del pecho y arremete de nuevo contra el obstáculo; sin embargo la sobrecarga le va venciendo los brazos y para cuando choca con la puerta ya lleva la piedra a la altura de las ingles. Esta vez el golpe es macizo, un martillazo, y Comodoro no rebota sino que permanece untado a la madera. Se escucha un leve crujido y los goznes comienzan rechinar. La puerta se abre y Comodoro se precipita de bruces con todo y piedra.

A lidiar con valor, entra gritando el Milagro, ocho por once cuarentaidós. Ubaldo lo sigue. Uno toma a la derecha y otro a la izquierda. Azucena permanece en la entrada, vigilando las escaleras, es la matrona del burdel presta a disparar a quien ose salir sin pagar la cuenta. Tras unos segundos de recorrido y exploración aceptan que la planta baja se halla vacía, a no ser por el polvo, cristales rotos, alguna hierba crecida en un rincón y una cama de madera sin colchón. Ambos suben, recorren las tres habitaciones superiores y regresan a la planta baja. El reporte es el mismo: ni rastro de los adversarios. Azucena se asoma entre los tablones de la cama para confirmar que no haya un gringo cobarde ahí escondido.

Para cuando terminan de revisar patio, cocina y alacena, Comodoro aún yace en el suelo, lacrimoso de dolor, las manos extraviadas en la bragueta.

En el instituto dicen que Caralampio ya no es el mismo. No quiere dibujar, no canta. Le aseguran que lo han perdonado, que ya está olvidado el asunto de la pistola. Tú fuiste el responsable de que salieran huyendo del instituto, no de que se hayan perdido. Le piden que trate de recordar hacia dónde corrieron, si al oriente o al poniente. Él no responde, no habla con nadie; pasa las mañanas con la cabeza entre las rejas, mirando afuera, y sólo sonríe esperanzado cuando ve pasar a un gordo.

Cerillo ha estado por horas tumbado en el balcón a modo de vigía. En la pared contigua Ubaldo traza un enorme rectángulo con un crayón negro. La inmaculada, dice Comodoro y señala con el índice mientras da un par de saltos. Ubaldo niega con la cabeza y divide la figura en tres bandas verticales, más o menos del mismo tamaño. La bandera, dice Azucena, y como premio se gana un crayón rojo y otro verde para rellenar las bandas izquierda y derecha. Ahora falta el escudo nacional al centro, dice el gordo Comodoro por no quedarse callado. Ubaldo toma varios crayones y traza abajo la media luna de hojas, y encima, a base de sumar óvalos, concluye el nopal. El Milagro aplaude; es de las pocas actividades que el temblor de sus brazos le ha facilitado. Ubaldo permanece inmóvil, mira a su público en silencio. Hay que dejar solo al artista, dice Azucena, y los tres bajan las escaleras. Van al patio trasero, que se halla rodeado por una barda hecha del mismo adobe que la casona; por todo el filo de la barda hay incontables cristales rotos de cerveza y refresco adheridos con cemento. Una fortaleza inexpugnable, dice Comodoro porque desde hace tiempo quería usar esa palabra. Al centro del patio hay una pileta; los tres sueñan con que estuviera llena de agua para zambullirse y salpicar. Bajo una techumbre de lámina la mula reposa. Decidieron meterla con todo y carreta, aprovechando que el portón delantero era amplio; y como nadie supo desatar los cinchos, el animal continúa esclavo de su lastre.

Media hora más tarde Ubaldo los llama. Suben apurados, entre trompicones, cada quien quiere ser el primero en ver la bandera terminada; y, por supuesto Comodoro llega al último. Ahí donde debía estar el águila devorando a la serpiente, hay un pollo con una corona, comiéndose una lombriz. Es la insignia de nuestro batallón, dice Ubaldo, y me voy a adelantar a explicarla antes de que los expertos comiencen a decir estupideces. Nosotros somos los pollos, y las lombrices sobra decir quiénes son. ¿Y por qué la corona?, se preguntarán, ¿por qué, en vez de quepí, casco, sombrero, boina, tricornio o cachucha, el águila ha de llevar una corona? Y los tres asienten aunque ninguno se había hecho esa pregunta. Yo no quiero corromperlos, continúa Ubaldo, pero ha llegado el momento de que conozcan una verdad. La conquista de Texas no supone que todo su territorio, gente, flora y fauna se convierta automáticamente en parte de México, no, señores, la nuestra es una expedición independiente, de la cual el gobierno mexicano aún no tiene conocimiento; por eso la corona, porque ahora somos los dueños de El Álamo y, por ende, los propietarios de Texas; en este instante ya no estamos en suelo mexicano ni estadounidense, sino en una comarca con absoluta independencia; y nosotros, como los nobles y señores de esta tierra, poseemos plenos poderes para negociar su anexión a México o caer en la tentación de quedarnos con ella, de imponer nuestro sistema de gobierno y expulsar a las minorías indeseables. Por supuesto vamos a negociar, dice Azucena. Ubaldo resopla, desilusionado, y asiente. De acuerdo, negociaremos, sólo que no puedes ir con el presidente de la república mexicana y decirle soy Azucena y le quiero regalar un terrenito al norte del Bravo; necesitas un título que te dé grandeza, que te abra las puertas de palacio nacional y te permita sentarte en una silla de piel del despacho presidencial y te den a elegir entre café o té. Así que decide quién quieres ser, qué título deseas tomar. Azucena avanza hacia Ubaldo para hablar sin sentirse parte del público. Quiero ser la baronesa Pendergrass, y elijo el té, con dos de azúcar. No sé de qué cuento sacaste ese nombre, y así haya sido de una obra maestra, te advierto que son preferibles los nombres en español. Tienes razón, dice ella, y sin pensarlo mucho suelta su alternativa: la baronesa González. Mucho mejor, así evitamos confundirte con gringa y pegarte un balazo cualquiera de estos días. Y yo, dice Comodoro, pero Ubaldo lo interrumpe, vámonos en orden; y aunque Comodoro no entiende cuál es ese orden, permanece en silencio mientras el Milagro dice que él no puede imaginar título más elevado del que ya posee. Señor, presidente, soy el Milagro, soy un milagro y vengo a proponerle un trato, y prefiero un refresco, gracias, porque el té no me gusta y el café acelera mis temblores y me vuelve más irritable. Cabe la posibilidad, Ubaldo pierde la mirada en el infinito, de que el presidente diga no, gracias, no quiero más México que gobernar, y entonces nos quedamos con Texas para siempre, o al menos hasta que una revuelta popular exija elecciones democráticas. Llega el turno de Comodoro y, con una jactancia que le hace apretar los labios y alzar las cejas, pronuncia el título de señorito del Condestable. Con ese nombre pareces el eunuco de la corte, dice Azucena, pero Comodoro no está para burlas, se siente orgulloso de su título; toma la bandera y se la coloca en el cuello. Va al balcón, abre las piernas para no pisar a Cerillo y recibe la brisa fresca que le evapora el sudor del bozo. Se ve con uniforme verde de malla y calzoncillos rojos, con sendos escudos nacionales de águila, no de pollo, a la altura de cada pezón. Gordo Comodoro, presente; señorito del Condestable, presente; capitán México, señor de todas las Texas, presente; amo de El Álamo, desvirgador de baronesas, frijol invencible, presente, siempre presente por dios y por la patria. Sonríe feliz, a sabiendas de que ningún mexicano ha volado tan alto, y no permitirá, no, señor, que un puñado de gringos lo baje de su cúspide.

La guerra está a punto de comenzar, susurra el Milagro y señala con dedo oscilante hacia fuera del balcón. Ubaldo y Azucena se asoman y al fondo de la vereda divisan a dos hombres recargados en un árbol, disfrutando la sombra que éste les ofrece. Uno de ellos tiene sombrero y el otro un paliacate atado al cuello. Se alternan una botella a la que dan pequeños sorbos. Son gringos, dice Ubaldo, habrá que eliminarlos. Comodoro baja las escaleras con prisa para traer los binoculares. Yo los veo obesos, prietos y de bigote ralo, dice Azucena, me parecen mexicanos. Tú no conoces los rostros que puede tomar el mal, las trampas que habrá de tendernos el enemigo; míralos, están bebiendo, es obvio que pretenden seducirnos con alcohol, mas no habremos de caer en la trampa como un vulgar irlandés. Cuando Comodoro vuelve y se acerca al balcón, Ubaldo le arrebata los binoculares; dame acá, dice, ésta es una herramienta de espionaje, puede usarse para leer los labios del enemigo, y en esa tarea no hay quien supere a las mujeres. Jamás lo he hecho, reclama Azucena, y Ubaldo le pide que no se turbe, es algo que se aprende de inmediato, mucho más fácil leer labios que letras. Observa mi boca, fíjate muy bien en la posición de los labios y los dientes y la lengua, registra el movimiento de las mejillas y el mentón cuando hablo. Azucena lo mira mientras

Ubaldo pronuncia el abecedario en silencio, y nota con satisfacción que distingue perfectamente cada una de las letras, incluso en sutilezas, como la nariz que se ensancha en la eñe. Sin duda tengo talentos insospechados. La guerra saca lo mejor y lo peor de todo ser humano, sentencia Ubaldo, ya veremos si a nosotros nos extrae pus o ámbar. En posición de pecho tierra, Azucena espía a los dos hombres. Recuerda que la hache es muda, dice Comodoro. Ella observa el diálogo por unos segundos y niega con la cabeza. No puedo, dice; parecía fácil pero no alcanzo a distinguir ni una frase coherente; el de la izquierda dijo abangorte; el otro le respondió simolende argusón simensal. Buen trabajo, dice Ubaldo, leíste perfectamente, lo que ocurre es que acá se habla un idioma distinto. ¿Acaso necesitamos otra prueba para abrir fuego? Uno de los dos hombres lanza una carcajada que se escucha por todo el paraje. Ya no cabe la menor duda, dice Ubaldo, los que se ríen de ese modo no sólo se creen dueños de Texas, sino que planean apoderarse del mundo entero. Yo disparo, Comodoro alza la mano derecha con el índice al cielo, estoy seguro de dar en el blanco. De acuerdo, Ubaldo le entrega un fusil con gesto solemne, tuyo es el reino. Antes de aprestarse a disparar, Comodoro besa la bandera. Damas y caballeros, que comience la función. Apoya el cañón en el marco de la ventana izquierda e hinca una rodilla en el suelo; pronto tiene la cabeza de uno de los hombres perfectamente alineada con la mira. Apunta al pecho, le sugiere el Milagro, y Comodoro explica que es otra su intención. Quiero meterle el tiro por el agujero de la oreja. No sé si esto sea ley o azar o mera caballerosidad, dice Ubaldo, pero jamás he visto que en la guerra se dispare a la cabeza, las balas entran por el tronco cuando son letales, y en piernas o brazos cuando la intención es sólo herir; los alemanes mueren berreando y sacudiéndose; los gringos, si acaso mueren, lo hacen con dignidad y en silencio; y de los japoneses sé poco porque siempre andan en aviones. Comodoro no varía su propósito, quiere matarlo limpiamente, que apenas se note un hilo de sangre saliendo del oído; quiere que el otro hombre ni cuenta se dé, que permanezca bebiendo feliz y crea que el ruido fue un trueno por una lluvia inexistente, y así ofrezca el tiempo necesario para reacomodar la mira y disparar de nuevo. Dos tiros, dos muertos. Azucena, ven y sécame el sudor de la frente, Azucena, deséame suerte, Azucena, reza por el alma de quienes habrán de perecer. Palpa el gatillo con la yema, cuenta del uno al tres y dispara contra esa nueva botella de brandy hermana de la que quemó a Cerillo con lanzallamas. El tronido espanta a los pájaros en los mezquites y deja en el oído de Comodoro un silbido de radio mal sintonizado. Del cañón del rifle sale un humo delgado y gris. El hombre del paliacate yace inerte en el suelo; su botella vierte mansamente el contenido.

El gordo Comodoro no hace el segundo disparo; está esperando la felicitación de sus compañeros, las palmadas en la espalda, el beso de Azucena. No pudo acertar a una botella en varias oportunidades, pero tratándose de un ser humano, pone la bala donde está su voluntad. Y sin embargo, no se regocija; un soldado no goza al matar enemigos, simplemente cumple con su deber. Supongo que tenía familia, dice el Milagro, tres niños feos y prietos que sabían decirle frases amorosas antes de dormir. Comodoro voltea molesto y le ofrece el arma. Dispara tú contra el otro, y cuando caiga muerto te hablaré de su bella esposa que mañana le informaría sobre su embarazo. Con los binoculares Ubaldo ve que el hombre del sombrero pasó de echarse al suelo a esconderse tras un árbol y finalmente a sacudir a su inmóvil amigo. El rifle tiembla en las manos del Milagro igual que una ametralladora en plena acción. ¿Y si fallo? Si fallas estaremos en problemas, si fallas me habrán de condecorar como el mejor disparador, si fallas el feto no nacerá huérfano. El milagro dispara en cinco ocasiones. El hombre se afianza el sombrero y echa a correr agachado hasta perderse en la distancia. Comodoro coloca los brazos en jarras y zarandea la cadera. Con tus cinco disparos yo le habría dado en una pierna, luego en la otra y finalmente tres en la nuca. Ubaldo no cesa de observar por los binoculares. Ahora podemos darnos a la rapiña, dice, ¿quién se ofrece como voluntario? Hay que respetar las cosas personales, pero podemos tomar cualquier arma, munición o equipo bélico, dinero, cinto, botas, transmisores y mapas; hay que distinguir entre un diario íntimo y una bitácora de combate, y dejen en su cartera las fotos de los tres niños prietos. Yo opino que es mejor traerse todo, dice el Milagro, imposible distinguir entre lo personal y lo oficial, una carta de la amada quizá sea un mensaje en clave de su superior; querido Juan puede significar elimina a los mexicanos, y vaya uno a saber qué clase de malévolos planes se ocultan tras una frase como no te había escrito por estar muy ocupado. Yo lo maté, dice Comodoro, a mí me corresponde esquilmarlo. ¿Puedo ir contigo?, Azucena le acaricia el rostro pálido y esponjoso. Él asiente con la cabeza, y de camino a las escaleras agarra un cuchillo. A veces los dedos se niegan a entregar las sortijas, explica; y a pesar de sentirse embriagado con su hombría, no se anima a descamisarse ni a tomar el cuchillo con los dientes.

Afuera la brisa golpea con fuerza y la dicha de Comodoro se vuelve infinita cuando la bandera le papalotea en la espalda. Si mi estatua es de bronce, quiero que muestre la capa ondeante con una hoja de lámina; si es de mármol la prefiero sin capa, porque cualquier vándalo la quebraría de una pedrada. A mitad de camino hacia el cuerpo, Azucena hace una seña para que se detengan. Escuchan un llanto quedo de adulto, una voz pusilánime que pide agua. Yo así no lo depredo, dice Comodoro, mejor vamos a esperar, seguro amanece frío. No, dice Azucena, recuerda lo que dice el segundo punto del manifiesto del soldado sobre tratar a los prisioneros con dignidad y a los heridos prestarles ayuda médica y a los muertos hacerles la señal de la cruz. El hombre está pidiendo agua, hay que dársela porque en su situación ya no puede hacernos daño; es, al mismo tiempo, prisionero y herido. Sin acercarse más, Comodoro se para de puntas y alza el cuello para mirar mejor al herido, no alcanza a distinguir por dónde entró la bala, aunque supone que no fue por el oído. Yo no creo que los gringos sean tan estúpidos o cobardes o traicioneros, imagino que el compañero salió corriendo por un doctor y lo adecuado es dejar aquí al herido porque nosotros sólo trajimos esparadrapo. Un trago de agua no se le niega a nadie, replica Azucena, así que se lo llevas tú o se lo traigo yo.

Ambos vuelven a su fortificación, desilusionados porque no tuvieron la ocasión de rapiñar.

¿Qué ocurre?, los recibe Ubaldo en la puerta. Está herido, responde Azucena, y nos pidió agua. Desde las escaleras el Milagro pregunta si lo normal no sería clavarle la bayoneta hasta silenciarlo por completo, y como respuesta Azucena le recuerda el manifiesto del soldado. No entiendo, dice el Milagro, está bien matarlo cuando está sano, pero está mal matarlo si está herido. Ubaldo le aclara que no es lo mismo dar agua que auxilio médico y que habría que definir lo que cada quien entiende por un trato digno a un prisionero. Si me amarran de muñecas y tobillos y me insultan y me pegan un poco, aún me siento en los límites de la dignidad, dice Comodoro, sólo pido que no hagan experimentos de laboratorio conmigo. Un momento, recapacita Ubaldo, ¿cómo saben que el desgraciado pidió agua? Porque se pasa repitiendo esa palabra. Entonces hay que consultar en el diccionario, recuerden que él habla un dialecto ignoto. Va a su mochila y saca un volumen titulado pequeño lexicón escolar bilingüe. Echa las páginas hacia delante, luego retrocede, hasta dar con la a en la sección inglés-español; el Milagro se acerca porque distingue la fotografía blanco y negro de un avión. Ubaldo se ensaliva los dedos y lentamente va avanzando por el orden alfabético. Pasa una página al no dar con la palabra que busca, y recomienza el proceso de ir señalando vocablo por vocablo con el índice. Yo supongo que agua debe ser un término universal, dice Comodoro, al fin es la misma que se toma en todo el mundo. Luego de quince minutos ha recorrido toda la letra sin éxito; tal vez perdió el vocablo en un parpadeo. ¿Están seguros de que no dijo egua, ogua? Pronunció muy claramente, afirma Azucena. Ubaldo resopla y comienza a buscar de nuevo, mas en cierto punto está seguro de que no hallará la palabra y opta por el engaño. Aquí está, dice, golpeando a media página con el índice, agua, agua, expresión insultativa de los países nórdicos que significa maldito gordo bastardo. Comodoro se aproxima con las cejas alzadas, déjame ver eso; pero Ubaldo cierra el diccionario de golpe. De qué te sirve, tú no sabes leer ni tu nombre; tú quieres ayudarlo y el tipo te insulta, maldito gordo bastardo. Debe ser un lenguaje efectivo, dice Azucena, si con sólo dos sílabas dicen lo que a nosotros nos toma ocho. Y el gringo debe tener ojo de lince para distinguir quién fue el que le disparó. Lo que no hemos tomado en cuenta, dice Comodoro, es que sólo hay dos explicaciones para su insulto: o se desahoga ante su inminente muerte, o su altanería viene de la seguridad de que pronto estarán aquí cientos y miles de sus compañeros prestos a ayudarle. Tal vez ya estén aquí, dice el Milagro, y nosotros perdiendo el tiempo con minucias del lenguaje extranjero. Ubaldo guarda el diccionario en la mochila. No se preocupen, si el enemigo estuviera cerca, ya Cerillo nos habría dado la voz de alarma.

Pese a haber perdido la proporción de la distancia, Matus considera que el día anterior recorrió un maratón, y esa tarde está por completar el segundo. Una hombrada que no hizo ni de muchacho, aunque ahora no tenga la velocidad de entonces y deba trotar por unos minutos, máximo veinte, y caminar otro tanto. En todo momento va detrás de Clarence DeMar, a ratos le mira la espalda para mantenerse avanzando, a ratos mira el suelo en busca de alguna evidencia de que los iluminados pasaron por ahí. Ahora el señor DeMar es un viejo achacoso, calvo, pensionado; tose en las pendientes, llueve sudor y escupe con frecuencia; cada cuando dice que ya basta, pero Matus le da un puntapié y lo obliga a continuar. Dame mi medalla, gringo de mierda.

Le sorprende darse cuenta de que no es el único corredor en esa vereda. En sentido contrario viene un hombre con sombrero en mano. Ambos se detienen al encontrarse; el hombre se para en seco, Matus continúa moviendo las piernas para que no se le engarroten. No vaya para allá, dice el hombre luego de tomar varias bocanadas de aire, hay unos guerrilleros que le dispararon a mi compadre. ¿Dónde están?, pregunta Matus y le resulta imposible detener el gesto de ansiedad. No me diga que usted anda con ellos. ¿Cree que a mi edad voy a juntarme con guerrilleros? Puede seguir por este camino sin problema, le advierte el hombre, hasta llegar a un entronque como a dos kilómetros de aquí; no se le ocurra tomar hacia la derecha. A Matus le alegra saber que falta poco para la meta, que de nuevo habrá de vencer a Clarence DeMar. ¿Y su compadre? El hombre se encoge de hombros. Mañana íbamos a celebrarle su cumpleaños, ahora voy a buscar una ambulancia o a la policía o al ejército, a quien se encargue de estas cosas. Le agradezco la información, dice Matus, debo continuar. Antes de arrancar hace una última pregunta. ¿Y si no fueran guerrilleros? El hombre lo mira incrédulo y Matus agrega: pudo ser un cazador, una bala perdida, un accidente. Usted está con ellos, dice el hombre, y reanuda su carrera al pueblo más cercano.

De acuerdo, Clarence, dice Matus, la carrera es hasta el compadre, y por vez primera en cuarentaicuatro años no corro para ganarte, sino para llegar antes que el ejército.

Azucena saca de su mochila el maquillaje y comienza a acicalarse frente a la perilla de una puerta, la única superficie reflejante que ha encontrado. Escoge un lápiz labial carmín y se pinta las chapas del mismo color. Para las cejas prefiere el negro. Y su mayor gozo es elegir las pestañas postizas de entre cuatros modelos; opta por unas largas, espesas y fruncidas. La perilla es pequeña y desfigura el rostro. Por mucho que Azucena se esmera, le resulta difícil no salirse de la raya, ¿pero qué puede hacer si lo mismo le ocurre con los libros para colorear, si lo mismo le ocurrió ahora que pintó el verde y rojo del pabellón iluminado? Por eso los labios lucen doblemente gruesos y las cejas se han vuelto plumas de urraca. Las pestañas postizas han quedado desalineadas, pegadas a medio párpado. Al final se frota el rostro con un pompón cubierto de talco y se aplica dos gotas de perfume detrás de las orejas. Ahora sí, piensa, ni muerta me confundirán con un cadáver. Comodoro tiene rato mirándola con vivo asombro. Pareces una ramera, le dice, nunca me habías gustado tanto.

La llegada a la meta del maratón en 1924 no fue tan esforzada como ahora que tuerce a la derecha, justo donde el hombre le dijo que no lo hiciera. Al fondo divisa la casona, ahí deben estar los iluminados, se dice, y a medio camino alcanza a ver el cuerpo tirado del compadre que quizá no llegue a celebrar su cumpleaños. Entra por la puerta de maratón y ve a todo el público de pie, aplaudiendo; descubre un puñado de banderas mexicanas entre tantas de otras naciones. Ya antes ha vivido esta escena, y le agrada saber que tiene suficiente ventaja sobre sus perseguidores para arrodillarse y persignarse unos metros antes de la meta; esta vez lo hace para ver de cerca al hombre que entreabre los ojos y le dice agua, agua; yo tengo más necesidad de beber, le dice Matus, no se queje, pronto vendrán a rescatarlo. Se incorpora y arranca de nuevo. Las piernas se le han endurecido, se niegan a avanzar, pero puede más el ánimo. Se da un par de puñetazos en los muslos y surca a toda velocidad la vereda rodeada de mezquites, que para él es la pista del estadio parisino de Colombes. Es tiempo de la recta final, de ofrecer las pocas energías que le quedan.

Desde el otro lado Comodoro le apunta al cogote, con el índice presto a apretar el gatillo, hasta que Ubaldo le da una palmada en la nuca. Es Matus, imbécil. Todos corren al piso inferior y abren la puerta justo a tiempo para que el atleta olímpico entre sin necesidad de aflojar el paso. Echa el pecho hacia delante al cruzar el umbral; se detiene en la estancia y levanta los brazos en señal de triunfo. Regocijaos, dice, hemos vencido, y se derrumba tieso, pálido, y los iluminados creen sinceramente que ha fallecido.

Tras un par de horas Matus despierta; quiere mover las piernas pero están totalmente engarrotadas. Agua, dice, agua. Ojalá esté hablando nuestro idioma, dice Comodoro. Bebe copiosamente de la garrafa que Azucena le ofrece y luego se arrastra a una pared para recargarse y mantener erguido el tronco. Debemos marcharnos cuanto antes, dice, el ejército no tarda en llegar. Creo que el viejo está delirando, susurra Ubaldo a Comodoro, y en voz alta agrega: a eso vinimos, a enfrentarnos al ejército enemigo, ¿por qué habríamos de huir ahora que se acerca? No estamos esperando al enemigo, sino a la heroica milicia mexicana, porque alguien les fue con el chisme de que somos guerrilleros; ustedes no debieron disparar ni una bala hasta llegar a los Estados Unidos. Azucena se acuclilla y deja su rifle en el suelo, el Milagro dirige el cañón del suyo hacia Matus. Miente, le dice, es usted un traidor, ¿cuánto le dieron por desertar? Ayer cruzamos el río Bravo infestado de pirañas, y lo cruzamos sólo una vez, de ida y sin vuelta. Ahora estamos en territorio bélico, y aquí las leyes son muy estrictas para quien se pasa al otro bando; o si es mera cobardía, sepa que aquí en El Álamo tenemos una cama bajo la cual puede esconderse hasta el final de la batalla. Ya me dirán lo que decidan hacer con este viejo, dice Ubaldo, por lo pronto yo voy arriba a secundar a Cerillo, no es justo dejarlo solo a cargo de los cuatro puntos cardinales. Señor Matus, dice Comodoro, en calidad de jefe cooperativo del ejército iluminado, y como señorito del Condestable, le exijo que ahora mismo decida si está de nuestro lado o prefiere anteponer a la patria los sentimientos del bolsillo o dígame si es que perdió contacto con la realidad cuando le dispararon desde el campanario de aquel pueblo. Matus mira orgulloso a sus muchachos, un puñado de valientes, y yo nadie soy para negarles sus deseos, no voy a entregarlos a un ejército nacional que es peor que el enemigo porque los desnudaría de toda dignidad para refundirlos en ese instituto en el que el propósito de sus vidas será aprenderse una rima sobre un sapo saltarín o colorear un sol siempre con ojos y sonrisa y a veces con lentes oscuros; los gringos, al menos, les meterían una bala entre ceja y ceja. Soldados mexicanos, dice Matus, héroes de la nación, quiero informarles que han tomado El Álamo, que esta-mos a punto de ser rodeados por el nefando ejército de las barras y las estrellas, y que es nuestro deber cívico y moral el de no entregar la plaza, aunque en eso derrochemos la vida. Ya lo oyeron, exclama Comodoro, todos a sus puestos. Y Matus los ve correr entusiasmados, como niños que juegan a la roña, y él se arrastra a un rincón y cierra los ojos en espera del primer estallido.

Comodoro y Azucena se intercambian adivinanzas cuando los interrumpe una voz tipluda de megáfono. Sabemos que están ahí, salgan desarmados y con las manos en alto. Por el balcón divisan tres camiones verdes estacionados al final de la vereda; hombres vestidos del mismo color se ocultan a medias tras algunas hondonadas, árboles y rocas. Ubaldo comienza a recorrer toda el área de la casona como merolico, repitiendo todos listos, la guerra está a la vuelta de la esquina, todos listos, conserven primero el honor y después la vida. El momento esperado, dice el Milagro, esto será más emocionante que rodar por abismos en autos grises; si la libro seré un doble milagro, y los dobles milagros son semidioses. No se hagan ilusiones, dice el megáfono, nuestro gobierno ya no quiere más mártires, así que no dispararemos, tenemos paciencia, podemos aguardar días, semanas o meses hasta que el hambre los obligue a salir. ¿Cómo que no van a disparar?, reclama Ubaldo, ¿qué clase de guerra es ésta? ¿Qué clase de ejército tiene este país? Comodoro se desploma y se sacude en el suelo. Por piedad, peleen como los hombres, córtenme la garganta, denme un tiro, pero no me maten de hambre, bien decía Matus que el enemigo era desalmado; líbranos, señor, de este mal; inmaculada, protégeme. El acceso de pánico hace que Comodoro tirite y muestre el blanco de los ojos. Desde el inicio Ubaldo sabía que uno de ellos iba a perder la cordura, sin embargo supuso que sería el Milagro; los ataques, los temblores, deberían corresponder al Milagro. Para él tenía un discurso sobre el valor y la supervivencia del más apto, el cual le hubiera recitado mientras lo tomaba de los hombros con firmeza y le solicitaba que lo viera fijamente a los ojos. Para Comodoro la solución ha de ser otra. Azucena, dale por favor una bofetada. Ella cumple diligente su faena en dos, tres, cinco ocasiones, hasta que Comodoro guarda silencio y deja de sacudirse; se sienta en flor de loto y se seca el sudor. No fue cobardía, dice con la voz entrecortada, es que en la vida todos tenemos un terror oculto. Supone que los otros asentirán, le darán una palmada en la espalda y a su vez confesarán su horror por las arañas o la oscuridad o los perros o las ancianas o lo que sea. Ubaldo y el Milagro se marchan a sus puestos; Azucena quiere decirle que sintió vergüenza al verlo tan poca cosa, pero decide que no es el momento justo para hablar.

Ubaldo manda llamar a Comodoro junto a la cama de madera. Luego de tu escena de cobardía es imprescindible que quemes esa cama, que la reduzcas a hollín. En esta defensa de El Álamo no habrá nadie sollozante y suplicante oculto bajo una cama; eso pertenece a la historia y quedó del lado de ellos. Comodoro asiente y hurga en su mochila hasta dar con la cajetilla de cerillos. Conoce la marca y sabe que el texto del reverso habla del futuro; agradece no saber leer porque en ese momento, con el amenazante ejército que los rodea, prefiere la incertidumbre a cualquier predicción sobre el porvenir. Era usual toparse con una de esas cajetillas vacías que Santiago dejaba en las noches de dominó. Comodoro se la echaba al bolsillo y, tras recoger los ceniceros, las botellas vacías y lavar los trastes, le pedía a Matus que se la leyera. Harás un viaje largo y espléndido, Comodoro, obtendrás un reconocimiento en la oficina, un pariente lejano vendrá a visitarte, tu buen humor te hará ganar la simpatía de cuantos te rodean, alguien volverá de tu pasado para decirte que te ama. En aquellas cajetillas siempre brilla el futuro, a nadie le espera la muerte, ¿pero qué puede decirle ésa de la que ahora saca un cerillo? Lo enciende y lo sostiene junto a una tabla de la cama hasta que el calor lo apremia a soltarlo. La madera apenas luce ahumada. Vas a hacer un viaje, Comodoro, eterno, sin retorno; alguien vendrá a visitarte, te tomará la mano sin poder humano o divino que te permita escapar, te llevará de aquí a un sitio oscuro y paladas de tierra y sal ahogarán tus gritos, cerrarán tus ojos. El segundo cerillo no hace más que el primero.

Ubaldo despluma al pollo que quería ser rey y arroja las hojas junto a la madera. Inténtalo de nuevo, dice. Esta vez la pequeña fogata de papel logra prender la madera. Comodoro ve con nostalgia cómo la lumbre va consumiendo la imagen del pollo besando a su madre, justo cuando le avisa que ha decidido marcharse de casa y que no vivirán juntos sino hasta que ambos habiten un palacio en la cresta de la colina del gallo. Ubaldo se apresura al patio y trae ramas secas para asegurarse de que el fuego perdure.

Comienza a oscurecer. El humo y el crepitar atraen a los otros iluminados, quienes van llegando uno por uno y hacen círculo en torno a la ardiente cama. Durante unos minutos miran mudos las llamas, miran las llamas en los ojos de los demás. Cuando éstas alcanzan su mayor altura, el Milagro se pone en pie y hace una reverencia. Señoras y señores de todas las edades, dice, el ser humano vino al mundo para enfrentarse a los elementos universales y, sólo entonces, para crecer y multiplicarse. Se echa a correr y salta por entre el incendio. Los demás aplauden al verlo aterrizar al otro lado, ileso, con los brazos abiertos, casi sonriente. El Milagro agradece la ovación y salta una vez más. Por un instante, fuego y Milagro son una misma sustancia: luz y ardor y bravura y humanidad; mas antes de un parpadeo, la ilusión se ha roto, ya no hay carne encendida ni fuego encarnado, a no ser en la memoria de los presentes. Ya basta, exclama Ubaldo, no queremos perder a un soldado quemado inútilmente, mucho menos cuando la lumbre mata con lastimeros gritos que habrán de dar gozo al campamento enemigo, y si hacen falta pruebas, Cerillo puede atestiguar el horror del fuego, pues no hay diferencia si éste viene de cama o de lanzallamas. Apenas acaba de hablar y ya le abochornan sus palabras, sabe que esa noche la cordura no tiene cabida entre las almas grandes. Por favor continúa, dice Azucena con el rostro fulgurante de amarillo y escarlata, continúa hasta que ocurra lo que tenga que ocurrir. El Milagro corre y salta de nuevo y aterriza al otro lado y vuelve a saltar y detiene el tiempo cada vez que atraviesa esa pira de infierno de maderas de cama que trecho a trecho van volviéndose ceniza. Salta, Milagro, sueña, Milagro, brinca y da maromas por los aires, por los fuegos, porque esta noche no habrás de conocer el temor ni el desconsuelo, y el temblor de tus brazos es aleteo de halcón y ocho por once cuarentaidós. El Milagro escucha el llamado y repite su lance una vez y otra y más, incontables ocasiones, hasta que las tablas se transforman en un montón de brasas serenas y humeantes. Entonces cae de rodillas, exhausto, los brazos más temblorosos que nunca; y los iluminados aplauden sin tregua, sudorosos por tanto calor, tosiendo por el humo, intoxicados, felices y embriagados, lágrimas en los ojos, celebrando al hombre que dominó el fuego.

La noche se alarga cuando no hay derecho de cerrar los ojos. Comodoro recorre cada ventana y no ve sino las luces naranjas de algunos cigarros encendidos. Sabe que allá afuera hay más de un rifle apuntándole al vientre, al pecho. Enfrentarse a las armas estaba bien, ¿pero qué hacer contra un ejército que sólo se sienta a esperar a que el rival se muera de hambre? Ya no hay caja de gelatina y queda sólo un pepino, y quién sabe qué habrá sido de las provisiones que Matus bajó a comprar al pueblo aquel. Si las cosas no cambian habrá de llegar el día en que discutan si la mula va incluida en el juramento del soldado o si pueden sacrificarla por su carne. La vida en el instituto era insulsa, pero al menos las mañanas de viernes la directora les ofrecía una canasta con pan. Sólo una pieza, Comodoro, o te saldrán lombrices. Y seguro allá donde revolotean las luces naranjas hay tacos y refrescos, hay un cerdo asándose con paciencia.

Aunque Matus ha recuperado parcialmente el movimiento de sus piernas, aún no ha querido ponerse de pie; le avergonzaría mostrar sus pasos torpes de anciano y le espanta el riesgo de caer ante las risas o, peor, ante la lástima de sus soldados incapaces de creer en la historia del mexicano que venció a Clarence DeMar por mucho más de una nariz. El gordo Comodoro se acerca y le acaricia la mejilla. Perdí a la inmaculada, dice, se ahogó en el Bravo por salvarme. Así ocurre, dice Matus, unos por otros. El dominó jamás estará completo, la voz de Comodoro se adelgaza, es de mujer cuando continúa; jamás estaremos de vuelta en casa, sentados ante la mesa, decidiendo sobre la ficha que nos hará ganar la partida, ni yo traeré cervezas frías de la cocina ni usted me dará un manazo y me llamará imbécil. Matus extiende los brazos y Comodoro acepta la invitación pese a la piel con olor de carrera de fondo. Quiere seguir hablando, tiene necesidad de recordar los buenos tiempos, el día en que trajo a casa la hoja con su nombre escrito de su puño y letra, y Matus sonrió y le besó la frente; cualquier historia que no lo haga pensar en las luces naranjas que se acercan hasta quemarle todos los pliegues de la carne; y sin embargo la garganta se le atrofia y se vuelve incapaz de articular palabra. Algo en ese lugar lo hace sentirse frágil; piensa que pueden ser las paredes desnudas, sin retratos, sin interruptores eléctricos, sin llaves de gas; en el exterior no hay campana para que los visitantes se anuncien. Comodoro solloza quedo, confiando en la discreción del viejo; nadie más habrá de conocer esas lágrimas que tanto derecho tiene a derramar, porque cualquier muerte es triste, pero lo es más la muerte de un gordo.

Matus, usted nos contó que con el enemigo milita gente que comparte nuestras ideas, dice Azucena, hay que invitarlos a que se pasen a nuestro bando. Buena idea, Azucena, toma papel y pluma y escribe lo que te voy a dictar. Ella saca los implementos de una mochila y se declara lista. Estimados amigos irlandeses, comienza Matus, y tras medio minuto Azucena termina de trazar las cuatro líneas de la primera letra. Dame eso, Matus extiende la mano con impaciencia, las piernas me han vuelto un inútil para pelear cuerpo a cuerpo, pero no mente a mente. Estimados amigos irlandeses, por el amor a nuestra santa iglesia católica y romana les solicitamos de la manera más afectuosa que abandonen sus armas y se unan a la defensa del pueblo mexicano. Ubaldo atestigua el proceso de redacción y protesta. Tache eso de abandonar las armas; los queremos con bazuca en mano. Matus acata la observación y pregunta si alguien tiene algo más que opinar. Sí, dice Azucena, usted comentó que en nuestras semejanzas la religión es lo de menos. Hablas con sabiduría, dice Matus, a ambos nos gusta cantar y beber y darnos de puñetazos a la menor provocación. Entonces escriba eso también, y que en México hay mujeres más bonitas. Así lo hace y remata con el lema religión, alma y alcohol: una misma nación. Póngale una posdata, dice Azucena, pídales que traigan manzanas. Los irlandeses comen papas, aclara Matus. Pues que traigan papas bien cocidas porque estamos a punto de sufrir una gran hambruna. Matus redacta cuatro textos iguales y los hace bola en torno a sendas piedras del tamaño de un ojo. Azucena hurga en la mochila de Ubaldo hasta dar con la resortera; entonces pregunta dónde está Comodoro, es un trabajo para él. Lo vi salir al patio, dice el Milagro. Azucena va para allá y lo encuentra tendido en la pileta seca, en calzoncillos, tomando el sol. Soy muy blanco para ser mexicano, dice. Ella lo jala de una oreja y lo lleva al interior. Siquiera deja vestirme, protesta él, pero el jalón se vuelve más intenso. Tus brazos son los más robustos, contigo los avisos llegarán a manos irlandesas. Comodoro sube renuente al balcón, colorado por la asoleada y por la indecencia de sus paños. Toma, Ubaldo le entrega los cuatro proyectiles, lanza cada uno a distinto sitio, porque no sabemos dónde se concentra el batallón irlandés. Comodoro tensa la resortera de hules de neumático y deja atrás la vergüenza; ahora siente un denso orgullo porque fueron sus brazos los elegidos. Debe asegurarse de no fallar. Planta bien sus pies descalzos, el izquierdo al frente, el derecho atrás en posición perpendicular, flexiona un poco las rodillas y yergue el pecho. Alarga el brazo izquierdo, el puño bien cerrado en torno al mango de la resortera. Con el brazo derecho dilata los hules. Ahora falta decidir el punto exacto, el ángulo de salida. Afloja pulgar e índice derechos, se escucha un chicoteo y allá va el mensaje seductor, de El Álamo hacia la conciencia de Dublín, ruega por nosotros, santa virgen, somos uno y lo mismo, en la cruz y en la botella, viva san Patricio, bebamos hasta perder la brújula y despertemos prestos a encajar un sable si alguien calumnia a la madre, si alguien escupe a un santo o no comparte su alcohol, venga a nosotros la Irlanda también tricolor y hagan que a este pobre gordo no le avergüence su blancura. En cada lanzamiento Comodoro tensa los brazos cuanto puede y sostiene la posición unos segundos; sueña con bíceps volcánicos, contundentes ancas y una larga y negra cabellera. Admírenme, damas y caballeros, adórenme, soy una Diana deseosa de que el más grande escultor me inmortalice en mármol.

Cerillo duerme sobre el balcón. No es tiempo de sueños, le dice Azucena mientras lo sacude; en cualquier momento les da a los gringos por asaltar El Álamo y es importante que todo el personal esté alerta. Él abre los ojos por unos instantes, bosteza y apunta en línea recta hacia la vereda bordeada por mezquites. Azucena lo mira bajar el rostro, recostarlo en el brazo izquierdo, y pronto está de nuevo dormido. No hay caso, dice, tendremos que arreglárnoslas sin él, desde el asunto del lanzallamas está peor.

Matus se acerca al balcón y asegura que puede hacer de Cerillo el mejor de los soldados. Se recuesta junto a él y le tira suavemente los cabellos. Cerillo, escúchame, tu madre me escribió una carta, en ella cuenta que una de estas noches el enemigo entró en su cama y la forzó, ¿tú entiendes?, la forzó. Cerillo abre los ojos sin un ápice de sueño y aprieta el gatillo. El disparo hace que el rifle recule y se le va de las manos. Lo toma de nuevo, se pone de pie y, apoyando el arma en el barandal del balcón, comienza a vaciar la carga hacia cualquier sitio donde tal vez imagina a un enemigo maloliente envuelto en las sábanas de su madre. Espera, Cerillo, es momento de vigilar, no de atacar. Pero no hay oídos que escuchen. Las detonaciones se multiplican sin tregua y en cada una el cuerpo de Cerillo se zarandea y tambalea; al fin, luego de tanto disparo, da inicio la respuesta del exterior. Pronto el rifle del bando iluminado claquea sin balas. Matus toma a Cerillo por la cintura y lo conduce dentro. ¿Estás bien, muchacho? Él continúa pulsando el gatillo hasta que Matus le arranca el arma y lo obliga a empujones a caminar hacia la seguridad. Ambos se recargan en la pared y sienten en la espalda el golpe de la metralla contra el adobe; algunas balas entran por las ventanas y levantan polvo al descascarar la cal de las paredes. Azucena corre entusiasmada hacia ellos y llena a Cerillo de besos; los hiciste disparar, le dice, ya no nos matarán de hambre sino a balazos.

Durante algunas horas ha proseguido el intercambio de balas, a ratos el ruido semeja el de la pirotecnia de una fiesta patronal, y luego vienen lagunas silenciosas en las que Azucena visita a cada soldado para preguntarle si está vivo, si está bien, si necesita que le atiendan una herida. El gordo Comodoro le responde que no le hace falta nada, que lo deje en paz. A continuación uno de los iluminados, el Milagro, por lo general, se incorpora ante la ventana, suelta un disparo y se agacha. El tiroteo del otro lado se enciende de nuevo durante unos segundos. Si alguien de nosotros muere, dice Ubaldo, hay que lanzarlo de inmediato por el balcón, porque los muertos contagian la peste, el paludismo y la homosexualidad. Comodoro tiene rato de no accionar su rifle; su cargador está vacío. No lo ha recargardo porque su mente le viene diciendo que ninguna batalla es digna de relatarse por los siglos de los siglos si en ella sólo se ha mostrado el arrojo de ambos bandos; una batalla indeleble requiere escenas que puedan pasarse de boca en boca, de generación en generación, anécdotas que escapen del mero intercambio de municiones, historias sobre el hombre que siguió luchando a pesar de las ocho balas en su cuerpo o sobre el bravo soldado sin piernas que trepó la muralla de la fortaleza o sobre el chico que con su último aliento hizo volar la presa cuyas aguas ahogarían a cientos de enemigos. Y para eso estoy yo, el preclaro Comodoro, el superviviente del río Bravo, el sorteador de pirañas, el señorito del Condestable y predilecto de la inmaculada, estoy para darle historias a la historia. Se detiene unos segundos a meditar. Algo debo hacer, pronto, antes de que caiga la plaza o el enemigo se rinda; pero su creatividad anda de juerga y no da con un acto grandioso, sublime, heroico, sólo vislumbra conductas pueriles para demostrar su valentía, así que va al balcón y alza su fusil sin balas con ambas manos. Soy inmortal, grita, y se mantiene inmóvil pese al tronar de la pólvora enemiga, soy inmortal, repite y en la plaza principal se reúne el pueblo una vez al año para conmemorar tan heroica ocasión, soy inmortal, levanta la voz lo más que puede y alguien decide que al himno nacional hay que agregarle una estrofa que hable del guerrero Comodoro inmarcesible, y hubiera repetido su grito por cuarta, quinta y sexta ocasión si no es porque siente una punzada en el vientre que lo hace trastabillar, le tuerce las rodillas y lo echa de espaldas, desplomado, deslomado, sin más ideas de inmortalidad.

Mataron a Comodoro, grita el Milagro; mas cuando se acerca a él y le mira los ojos llorosos y la respiración acelerada y los chorros de sudor bajando por la mata del cabello y las ganas de decir algo que no dice, corrige su aviso, esta vez sin gritar porque la nueva noticia no es tan dramática, y apenas murmura que no está muerto, sólo herido, con una bala en la panza, una herida de la que no muere la gente, no de momento, porque cualquier bala abajo del pecho permite la llegada de un doctor, o al menos da tiempo para hablar en voz baja con la mujer amada, decirle alguna frase cariñosa, arreglar los pormenores de la herencia, pedir un poco de agua, rezar un padrenuestro y arrepentirse de las culpas; y si uno tiene perro, éste vendrá a lamer el sudor y se estará echado quieto a un lado, donde permanecerá incluso largo tiempo después de que el cuerpo haya dejado de respirar. Comodoro no está muerto, amigos míos, pero eso no lo vuelve un milagro.

Matus toma al caído de las muñecas y lo arrastra lejos del balcón y del peligro de un remate. Azucena llega presurosa a su lado con la idea de abrazarlo, aunque cambia de opinión al ver la mancha de sangre en la camisa. ¿Cómo te sientes, Comodoro? Él la mira sin responder. Ella alza la voz para preguntar si hay un doctor entre los presentes. Tal como lo espera, no escucha sino silencio, pero está satisfecha de haber cumplido con su deber. Tenemos que averiguar la gravedad del asunto, dice Matus, hay que voltear al herido. Lo toman por un costado y lo hacen rodar a su izquierda hasta que queda bocabajo. Comodoro gimotea sin oponer resistencia. En la espalda no se le ven manchas de sangre. Mala señal, dice Matus, no hay orificio de salida. El Milagro enarca las cejas y entiende la gordura de su amigo, le mira asombrado el trasero y se pregunta cómo hubieran hecho para empalarlo. Al regresarlo a su posición original, notan que el suelo quedó teñido de sangre y que la herida se impregnó de polvo. ¿Nadie trajo en su mochila algodón y alcohol?, pregunta Matus con la mirada fija en Azucena, y ante la falta de respuesta agrega, ¿qué una señorita como tú no viaja siempre con un rebujo de algodón? Ella continúa silenciosa. De cualquier modo te corresponde cuidar al herido, dice Matus, así que descamísalo, busca un poco de agua y límpiale la sangre y el polvo, y de inmediato le soplas para que seque. En eso sube Ubaldo con prisa y explica que se le acabaron las balas. Yo dejé unas en la cocina, dice el Milagro. Ubaldo baja corriendo y pronto vuelven a escucharse detonaciones en ambos frentes, sólo por unos instantes, porque de nuevo Ubaldo se queda sin balas y esta vez, cuando sube y pregunta dónde hay más, sólo obtiene hombros alzados por respuesta. Ya no me duele tanto, dice Comodoro, creo que puedo volver a mi puesto. Sin parque, con un herido, en inferioridad numérica, dice Matus, creo que es mejor negociar la rendición, ¿alguien tiene algo blanco que darme? Miran a Cerillo dormido boquiabierto, con su impecable traje y les cuesta trabajo animarse a sacarlo de su sueño. Su otro traje está en la mochila, dice Azucena. Nunca nos vamos a rendir, el Milagro aprieta los puños, si usted quiere, baje los brazos, declárese incompetente, pida perdón al enemigo, salve su pellejo a costa de su orgullo. Nosotros vamos hasta el final. Ubaldo aplaude las palabras; sabe que ese tipo de cosas se dicen cerca del momento decisivo, antes de demoler el puente o de volar el laboratorio enemigo, cuando sólo suenan unos tambores lejanos y acaso una suave trompeta.

Matus considera que es el punto para confirmarles que han caído en un engaño, que aún se hallan en tierras mexicanas; él está de acuerdo en que den sus vidas al otro lado de la frontera, pero en éste sería un desperdicio, pasarían a la historia como unos traidores revoltosos, como unos rebeldes sin oficio ni beneficio. Hasta hace unos minutos había que darles la oportunidad de ser héroes; ahora, con la pólvora extinguida y un muchacho herido en el suelo polvoso, las premisas cambian. Y sin embargo, lo que le parece sensato, se le vuelve impronunciable cuando mira los rostros de sus iluminados, los rostros de quienes nada tienen que perder, de quienes podrían sentarse en una mesa a negociar y decir de acuerdo, estamos dispuestos a firmar nuestra derrota, ¿pero a cambio de qué? Matus sabe que tiene que dejarlos solos; él ha de arrinconarse, perder el mando, aceptar que no puede ni debe disparar contra el honorable ejército mexicano. Ellos tienen derecho de vivir y morir y disparar en el lugar del mundo que su ilusión les dicte, y por mayoría de votos estamos en El Álamo, y por mayoría de voluntades hay que pelear hasta el final, y por mayoría de ilusiones no estamos aún perdidos porque el batallón irlandés de san Patricio no tarda en arribar.

Estamos conscientes de que nuestra situación es desesperada, dice el Milagro, se agotaron las municiones, el enemigo nos rodea, no llegan los refuerzos, tenemos un soldado caído, otro dormido y un general que pide su jubilación. Debemos hacer una de esas cosas que se hacen sólo una vez en la historia. ¿Te refieres a incendiar El Álamo e inmolarnos todos? No es mala idea, dice el Milagro, aunque yo pensaba en romper el cerco, en escapar de aquí con vida para rehacernos en México y organizar otro ataque. Comodoro lo mira con ojos llorosos, quisiera que su mente no estuviera tan concentrada en la sangre que mancha su camisa, así podría diseñar un plan seguramente superior al que el Milagro está a punto de proponer, pero con media cabeza comprometida con su herida, sólo se le ocurre una escena en la que los iluminados tienen alas y se marchan volando; no sabe por qué las suyas semejan las de un águila, mientras que las de Cerillo son de colibrí. Sólo hay una forma de romper el cerco, dice el Milagro, y ordena a Azucena y a Ubaldo que coloquen al herido y al dormido en la carreta. Comodoro sabe que debe montarse por su propio pie, así que va al borde de la caja, ahí se sienta y rueda hacia una zona mullida por las mochilas y las colchas. Segundos después llegan Azucena y Ubaldo con Cerillo en brazos; lo depositan con suavidad, teniendo cuidado de no despertarlo. Ella lo arropa y le anuda correctamente el corbatín celeste. Comodoro llama a Azucena con voz gimoteante, ¿me amas aunque sea un lisiado? Se supone que tú me ibas a cuidar, le dice, yo vine porque tú me lo pediste. Comodoro entiende que ese balazo en el vientre lo envió a un casillero inferior; ahora el mundo se divide en útiles e inútiles, y él es una lámpara fundida; ya llegará la ocasión de agradecer la luz que nos dio, pero por lo pronto échala en la basura. Cerillo despierta y alza la cabeza; de inmediato se acerca Azucena para masajearle los hombros. Mejor duerme, te aseguro que no quieres ver lo que está por venir. Cuando les ordene, dice el Milagro, abren la puerta, luego se montan en la carreta, cuentan hasta diez y se lanzan a toda velocidad detrás de mí, siempre hacia el frente, sin voltear atrás. Yo limpiaré el camino de enemigos con mi bayoneta; ustedes pinchen a la mula porque tendrá que volverse una gacela para alcanzarme. Entonces, lejos del peligro, me trepo a la carreta y no habrá alma que nos atrape. ¿Están de acuerdo con el plan? ¿Lo comprendieron? Matus los mira orgulloso, ¿qué habría sido de la patria con una docena de soldados como ellos en otros tiempos? Ahora sabe que tanto trote por la ciudad con sus tenis y pantalones cortos vuelve a tener una utilidad práctica; él será la última punta de lanza, él correrá detrás de la carreta para evitar que el cerco se cierre, para darle a sus muchachos unos segundos o minutos de ventaja, correr y correr para dejar atrás no a un Clarence DeMar, sino a cientos de ellos armados con algo más que un par de zapatos deportivos. Se acerca sumiso al Milagro, ahora él se siente un general degradado. Si me lo permite, quiero ofrecerme para la retaguardia, usted abre la puerta, y yo la sostengo para que ni el viento ni el enemigo la cierren de nuevo. Podemos cargar la carreta con piedras, dice Azucena, yo conduzco y Ubaldo las arroja. Es buena idea, pero sólo unas cuantas, o la mula podría sacar la lengua antes de medio camino. Que Matus cargue con el paquete de tachuelas, dice el Milagro, que las arroje a su paso para que el enemigo no pueda seguirnos ni a pie ni a vehículo. Ubaldo hurga en su mochila y entrega a Matus el paquete, que emite un sonido de botín dorado. Yo me quedo, dice Comodoro, no soy sino un lastre. El Milagro se acerca y lo mira tendido junto a Cerillo, son dos figuritas de barro en un puesto de mercado. Tu oferta suena razonable, dice, lástima que ya juramos el manifiesto del soldado y eso nos obliga a cargar contigo mientras no dejes de respirar. Comodoro agradece en silencio al desconocido autor de ese manifiesto, aunque sabe que el respeto al juramento existirá sólo mientras haya carreta; una rueda partida o la mula con un balazo en la testuz y quién diablos se lo echará al hombro; se trabó el eje, gritaría Azucena, ¿qué hacemos?, y la orden llegaría sin duda del Milagro: carguen a Cerillo y asegúrense de que Comodoro deje de respirar, y a continuación dos brazos arrojarían una colosal piedra sobre su cráneo. Azucena, dice Comodoro, si quieren déjenme, sólo les pido que no me aplasten la cabeza. Aléjate de Cerillo porque le vas a manchar su ropa y la sangre no se quita. Comodoro trata de elaborar una frase resentida con la idea de que a él sí se la están quitando, pero no atina con nada ingenioso y prefiere callar. Nadie se va a deshacer de ti, continúa Azucena, así que considera tú la posibilidad de saltar de la carreta, de ese modo la mula duplica su velocidad y ninguno de nosotros faltaría a su juramento porque no nos percatamos de tu sacrificio hasta haber cruzado el río y acampado en un paraje, y mientras asamos malvaviscos en la fogata alguien preguntará: por cierto, ¿qué fue de aquel Comodoro?, y al reparar en tu ausencia te buscaremos inútilmente por los alrededores hasta comprender que en esos momentos ya estarás siendo torturado en una barraca de los gringos, y tú pensarás que más te habría valido morir empalado entre pirañas. A Comodoro le tiembla el labio inferior sólo de imaginar a un gringo metiéndole el índice en el balazo y rascándole el hígado con una uña sucia y crecida. Bien, gordito, dime dónde se ocultan tus amigos.

Azucena y Ubaldo abren las puertas colmadas de agujeros de bala y el Milagro observa la vereda entre mezquites que los separa de la libertad. Sabe que debe elegir la línea recta aunque sólo el círculo lo mantendría a salvo. Tráeme un fusil o un arcabuz, tráeme mis balas de esplendor, tráeme un puñal o mi espadín, trae la carreta de fulgor; no cesaré de combatir, ni mi valor desmayará, hasta que Texas sea otra vez un gran jardín de mi país. Se santigua con una rodilla al suelo, se incorpora, respira profundamente y desea la presencia de un fotógrafo que capte el instante en que da inicio a su carrera. Instante en que el Milagro emprende su gloriosa arremetida, diría el pie de foto, nótese la fortaleza con la que sostiene su bayoneta, las venas saltonas de cada músculo, la decisión en su semblante, la bizarra actitud que debe inspirar a todas las generaciones de mexicanos por venir; nótese también, a espaldas de nuestro héroe, la mirada admirada de Azucena y el gesto resignado de Ubaldo; nótese, por último, en la caja de la carreta, el lamentable promontorio del gordo Comodoro, que levanta en su puño una bandera mexicana hecha bola. Soy un milagro, grita con su rifle y bayoneta amenazantes en impetuosa carrera, soy un milagro. Y el enemigo comienza una andanada de disparos que no dan en el blanco porque el Milagro, con su torpeza y sus temblores, avanza de manera zigzagueante y causa admiración por su habilidad evasiva. Soy un Milagro y Texas es nuestra y maldito sea el que levante sus armas contra el ejército iluminado y maldito sea mil veces el que le puso a Comodoro una bala en el vientre. Azucena y Ubaldo se apresuran a montarse en la carreta y hasta entonces ella repara en que no sabe contar hasta diez. El marco de la puerta deja entrar un sol deslumbrante apenas eclipsado por la silueta cada vez más pequeña del Milagro. Ya se nos hizo tarde, dice Ubaldo, que arranque la mula. Azucena le golpea las ancas con una vara, pero la mula no hace por avanzar, antes recula por el trueno de la pólvora. Te ordeno, Ubaldo engola la voz, por la humanidad que hay en todo animal, que avances con presteza y señorío.

Nada.

El fuego ha cesado porque algún mandamás del lado contrario concluyó que el muchacho de la bayoneta no tiene balas, y a medida que se acerca también concluye que el muchacho de la bayoneta no es un mortal común y corriente. Y el Milagro continúa corriendo y proclamando que es un milagro, y amenaza con su bayoneta y se aproxima decidido a romper el cerco enemigo hasta que un puñetazo lo derriba al suelo.

De esto no se entera Comodoro, quien aprieta los ojos para darse valor e imagina que la carreta avanza a velocidad de crucero. Cuando supone el momento justo, o quizás cuando acumula las agallas necesarias, decide sacrificarse para que sus amigos aseguren la vida; se pone en pie y salta con los brazos en cruz gritando recuerden El Álamo. Matus lo ve venir y sabe que es mejor hacerse a un lado.

De esto tampoco Azucena se ha enterado, y prueba hablarle a la mula con cariño.

De esto Cerillo jamás se enterará.

Es de noche cuando los suben a la amplia caja metálica de un vehículo verde. A lo largo de cada extremo corren dos bancas de madera, sin acojinamiento, donde los soldados se sientan resignados, sus fusiles apoyados en la culata y apuntando al cielo. Ubaldo cuenta siete rivales, más dos que van en la cabina. El Milagro también quiere contarlos, pero pierde la cifra por llevar las manos sumidas en los bolsillos; ahí los dedos se hallan atrapados en un puño y le cuesta trabajo tocar uno por uno con el pulgar, sin embargo ahí están bien las manos, minimizando el temblor de los brazos, que de cualquier modo está presente. No es por miedo, quisiera aclararle a sus enemigos, tampoco es por frío. Va sentado entre dos tipos malolientes, de uniforme grueso y rasposo, con casco sin duda lleno de piojos. Al frente ve a Ubaldo, igualmente entre dos de ellos, y el Milagro le hace gestos y mueve los hombros para comunicarse con él; quiere decirle que entre tantos aperos bélicos nunca pensaron en los cascos, que tal vez de haber estado mejor pertrechados su destino habría sido otro y ahora él estaría sentado en la cabina de ese vehículo, cargado de prisioneros, tratando de descifrar el procedimiento para encenderlo. Ubaldo ve los gestos de su compañero y los entiende a su manera: podemos con ellos, hay que eliminarlos y huir. Por eso le hace una seña con la mano, espera, aún no es tiempo, deja que el vehículo arranque y nos internemos por algún camino desconocido y los enemigos dormiten; entonces les robamos las armas y a punta de pistola rescatamos a la chica y a Cerillo y saltamos a la libertad, porque los conductores nunca sabrán lo que ocurrió hasta que lleguen al cuartel y descubran a sus compañeros atados y amordazados en la caja. Eso si Azucena no grita como todas las chicas, porque él sabe que cuando lleguen al punto de lanzarse del vehículo en marcha ella habrá de titubear; él la tomará de la mano para juntos volar por los aires. Lo normal es una caída lenta y que ella grite todo el trayecto, pero entonces los planes cambian porque los hombres que van en la cabina la escuchan, detienen el vehículo, y habrá que ejecutarlos, ya no discretamente sino con granadas.

Azucena sólo lleva un hombre a su derecha, pues a la izquierda está la cabina; resultan obvios sus esfuerzos por no llorar.

El vehículo arranca y el grupo mueve al unísono su torso hacia un costado. Comodoro no viene con ellos, fue montado en una furgoneta que partió apresuradamente. Tampoco Matus abordó el vehículo, y Azucena tiene su versión: es nuestro líder, lo natural es que lo conduzcan a una sala de interrogatorios. O tal vez nos vendió, dice el Milagro, tal vez él informó sobre nuestra posición, número de efectivos, cantidad y tipo de armamento, y ahora en vez de interrogatorio está sentado en una mesa de mantel rojo, bebiendo vino y cortando un trozo de jamón. Cállense, les ordena Ubaldo, ¿no se han dado cuenta de que el enemigo domina nuestro idioma?

El par de soldados que escolta a Cerillo se aburre pronto de mantenerlo erguido, sentado en su sitio. Despierta, ¿quieres un dulce? ¿A quién se le ocurre traer a un chico como éste a un asunto de hombres con callos en las manos? Ayúdame, Vicente, le dice uno a otro, y con sumo cuidado lo depositan en el canal de la caja, junto a las botas entierradas. Tengan cuidado, no lo vayan a pisar, y el tal Vicente se quita la camisa y la hace almohada para acomodar la cabeza de Cerillo. Siempre quise uno así, susurra a su compañero, y le mira los zapatitos blancos al aire, fuera de la caja, y piensa que ojalá estén bien ajustadas las agujetas.

A Ubaldo le humilla que no los lleven con las manos atadas a la espalda, un grillete en el tobillo, un saco de ixtle cubriéndoles la cabeza, haciendo difícil la respiración; que cada cinco minutos no les den un puñetazo en las costillas. No ha parado de mirar la pistola del hombre que tiene a su izquierda. La trae al cinto en una funda de cuero con el broche abierto, de modo tan ostentoso que resulta imposible no caer en la tentación de tomarla. Y si aún no lo hace es porque no ha decidido si debe actuar en un movimiento rápido o lento. La rapidez tiene la ventaja de la anticipación, pero es incierta en las menudencias; la mano puede acabar envolviendo por completo la cacha, sin índice que atenace el gatillo, o peor, una pifia y la pistola se va al suelo, a punto de que cualquier soldado le ponga la bota encima; cayó junto a ti, Cerillo, tómala y acaba con ellos, y el chico entreabre los ojos y busca una posición más grata para proseguir su sueño. La lentitud, en cambio, tiene a su favor el sigilo y la certeza de movimientos. No cualquier momento es bueno, hay que acechar la distracción del soldado, el letargo, la mente que ha de irse con la mujer de amplio pecho que lo visita tras la reja del campo militar; dan inicio los besos, las caricias, y para cuando le desabotone la blusa, Ubaldo tendrá la pistola en la mano, con el cañón en la sien de cualquier enemigo, manteniendo en todo momento la autoridad en sus palabras: suelten las armas y cierren los ojos. Y si no jala del gatillo es porque ha escuchado que las pistolas tienen seguro y resultaría mortal hacer sonar un clic en vez del tronido de la pólvora. Azucena y el Milagro se hacen de rifles y ahora sí pueden continuar con sus planes, o mejor aún, tocará el cristal de la cabina y para pedirle al conductor que se detenga. Pronto estarán todos los enemigos bocabajo, con las manos en la nuca. Antes de escapar, preguntará a qué hospital se llevaron a Comodoro; no espera una respuesta pronta, así que amenazará con ejecutarlos a todos, uno por uno, hasta que hablen; tras poner al primero contra un árbol y apuntarle, uno de ellos flaqueará, de acuerdo, usted gana, y dará nombre, dirección y teléfono, y jurará por su madre que desconoce el número de la habitación. A Ubaldo no le hacen falta tantos detalles, sabe que es fácil distraer a la enfermera de recepción para leer en sus papeles la ubicación exacta de Comodoro, y ha visto lo sencillo que resulta rescatarlo si se le oculta en el cesto de la ropa sucia.

Decide cómo apropiarse de la pistola: un movimiento de camaleón, lento en su acercamiento y raudo en la recta final. Finge rascarse la entrepierna como punto de partida para luego llevar la mano al muslo; la alza a continuación por sobre la cintura y, cuando se dispone a proyectarla hacia la pistola, el soldado enemigo revira y le da un manazo. Estate quieto, le dice, y vuelve a su posición desenfadada, sin siquiera cerrar la funda con su broche.

A Ubaldo le humilla que no lo lleven atado y amordazado, pero mucho más humillado se siente por ese manazo y por la mirada de Azucena, que no puede contener la risa.

El camión verde se detiene y los iluminados salen de su sopor. ¿Dónde está Cerillo?, pregunta Azucena. ¿Quién?, dice cualquiera de los soldados. El de blanco, responde Ubaldo, el que venía acostado en el suelo con corbata celeste. Los soldados se miran sorprendidos y pronto comienzan a recriminarse su falta de atención, se echan culpas. Uno de ellos corre por donde llegó el vehículo; quizás el accidente ocurrió en los últimos metros y podrá hallarlo por ahí tumbado, con un chichón en la frente. Cerillo se hizo alma y voló invisible, dice Azucena. Y vendrá a castigarlos a todos, remata el Milagro señalando a sus rivales con el índice vibrante. Un soldado le golpea la nuca con la mano abierta y le advierte que está en el campo militar y ahí sólo puede hablar cuando alguien se lo ordene.

Comodoro se toma del respaldo de su cama y dice que no acepta ser operado sin antes ver a Azucena. Inútilmente tratan las enfermeras de razonar con él; sugieren utilizar la fuerza o sedarlo. ¿Y por qué no le damos gusto?, propone una de ellas. A fin de cuentas no ha llegado el doctor Azael Delgado y el quirófano aún no está listo. Los dos soldados que trajeron al herido se mantienen en el quicio. ¿Quién es Azucena?, pregunta uno de ellos. Es parte de mi ejército, dice Comodoro, pueden reconocerla fácilmente por su belleza.

El comentarista de la radio informa que se realizará la ceremonia de premiación de los doscientos metros planos. Habla de los ganadores, dos gringos y un australiano, de los tiempos que hicieron, buenos aunque sin romper marcas mundiales, y luego avisa que guardará silencio para escuchar respetuosamente el himno de los Estados Unidos. Matus se incorpora y grita desde su celda, tomado de los barrotes como un vulgar preso, apaguen ese aparato, cámbienle de estación. Los guardias lo miran con una sonrisa cínica. Uno de ellos va al radio y sube el volumen. Matus lleva las palmas a las orejas tras escuchar las seis primeras notas, pero el sonido se le mete igual, y baja las manos porque acepta que el oído es sumiso, escucha lo que desea y lo que repudia, lo que susurra la mujer en la cama y lo que grita la vecina a sus hijos; el oído despierta en la madrugada porque un motociclista decide pasar por la calle. Benditos los ojos y la boca que se cierran, el tacto que se evade, la nariz que se tapa. Cuando al fin cesa la música, Matus se tumba de nuevo en su catre. El comentarista habla de los dos estadounidenses de color que subieron descalzos al podio, cuenta que mientras escuchaban el himno, bajaron la cabeza y alzaron un puño con un guante negro. Matus se echa a reír, pobres muchachos, se dice, una cosa es utilizar a Jesse Owens como propaganda contra el racismo nazi, y otra es que un par de negros quieran denunciar el que tienen en casa. Siente simpatía por ellos, aunque sabe que le sería imposible ganárselos con trago y canciones.

El capitán Argüelles aparece con un gesto amable. Va a la celda y saluda a Matus. La última vez que tuvimos un preso aquí fue por asuntos de faldas. La mujer de un cabo andaba con un teniente, y ya se imaginará que no fue al teniente a quien encerramos. Matus lo mira sin decir nada, hasta que el capitán cambia su expresión por una seria. Le tengo buenas noticias, dice, lo voy a poner en libertad. Tal parece que eligió el mejor momento para su aventura, porque con lo que ocurrió en la Ciudad de México lo que menos queremos es que el ejército siga llamando la atención. No somos perseguidores de gente con ideales, como usted y sus muchachos, sólo tratamos de mantener el orden. ¿Me entiende? Matus se encoge de hombros. Por su bien olvídese de que estuvo aquí enjaulado, olvídese de que nos vio y de todo lo que hablamos, y por sobre todo olvídese de los gringos. Piense que le salvamos la vida, que si hubiera cruzado el río Bravo ahora mismo estaría metido en un féretro, y comoquiera nadie hablaría de una heroica milicia que fue a recuperar la patria, sino de un grupo de trabajadores ilegales en busca de empleo, unos muertos de hambre que fueron acribillados por la policía al intentar robar a un hacendado. Matus aprieta los dientes, él no ha soltado palabra sobre la invasión a Texas y se pregunta cuál de los iluminados habrá cantado; supone que fue Comodoro, pues una bala en el cuerpo reblandece el carácter, sobre todo cuando se ve rodeado de médicos que le inyectan sueros y drogas. Toma su camisa y se la pone sin abotonarla. ¿Y Cerillo?, pregunta con pesimismo, ¿lo siguen buscando? A los que buscamos son a esos posibles guerrilleros de verdad, y si nos topamos con su soldadito, se lo regresamos sano y salvo o como lo encontremos. Con el ejército ya usted no tiene cuentas pendientes, pero falta ver si algún padre de esos chicos lo acusa con la autoridad civil. A usted le entregaremos las mochilas y demás posesiones, entre las que no hallamos nada prohibido por nuestras leyes, nada que amenace la paz pública. Matus mete los pies en las botas; tampoco las abrocha. ¿Puedo irme? No es tan fácil, señor Matus, todavía nos falta arreglar la cuestión del muerto, hay que ver a qué o a quién se lo vamos a achacar. ¿Cuál muerto? ¿Nadie le avisó?, responde el capitán Argüelles, y Matus ruega por que se trate de aquel compadre que estaba por celebrar su cumpleaños.

Dile a Matus que no me mató una bala, que tampoco fue mi condición de iluminado porque él sabe que aún no era mi turno, pero cómo, después de decir hasta la victoria, he de volver derrotado a ese mundo pantanoso que intentamos dejar atrás; cómo, tras haber conquistado El Álamo, he de recoger ceniza y colillas y botellas vacías de cerveza y perder la independencia hasta para cruzar una calle; dime cómo, después de haber tomado un fusil, he de aceptar un manotazo en la cabeza, una orden para volver al instituto, una caja de crayones para dibujar árboles y gatos y nubes y soles y casas siempre con chimenea, cómo escuchar más historias sobre pollitos que quieren llegar a reyes con el único fin de decirnos que hasta los pollos logran cosas que nosotros no, porque ¿dónde está mi corona, dónde la medalla de Matus, dónde el monumento de Cerillo, dónde tus ropajes de baronesa González, dónde la verdadera historia del indomable ejército iluminado que aterrorizó a sus enemigos con sanguinarias cargas de caballería, dónde los mapas de la república mexicana con la frontera más allá del Bravo? No lo acepto, he perdido las ganas de ser como otros iluminados, no acepto que me humillen por nada, por una ficha de dominó que no sé acomodar, por no saberme agazapar ante la artillería contraria, por mi triple capa de grasa, por el desgaste de mis pantalones en las ingles, no después de haberme dedicado a una labor en que se ofrece la sangre, no después de haber sido más grande en espíritu y agallas que todos aquellos que querrán juzgarme, clasificarme y condenarme. Adiós, Comodoro, dice Azucena, bienaventurado tú que tienes una bala en la panza.

Azucena ve que se llevan a su gordo Comodoro por un pasillo blanco en una camilla con ruedas. Una enfermera se acerca y le ofrece un caramelo. Escuché lo que dijo tu amiguito, pero no te preocupes, lo que tiene no es grave, es una operación de rutina y el doctor Azael Delgado es el mejor cirujano de la ciudad. Azucena baja escaleras hasta dar con la planta baja. Ahí encuentra muchas sillas, la mayoría ocupada por gente que espera. Supone que ésa es su obligación: esperar. Se acomoda en una butaca de plástico y le obsequia el caramelo a un niño que la mira con curiosidad.

Luego de escarbar en el desordenado archivo del Hospital de Zona de la ciudad de Monterrey, se halló un informe médico firmado por el doctor Azael Delgado, médico de guardia, en el que puede rescatarse la siguiente información: el paciente Comodoro arribó a la institución con una herida de bala con orificio de entrada en el epigastrio. A su vez, la bala se dividió en dos fragmentos, alojándose uno en el colon transversal y el otro en el tejido hepático. Ambos ponían en riesgo su vida, por lo que no se consideró la posibilidad de extraer cada uno en operaciones independientes. El procedimiento duró poco más de tres horas y resultó complicado por la gruesa capa de grasa que hubo de sortearse para alcanzar dichos fragmentos. En seguida viene una frase ilegible, de la que sólo se rescata la palabra anestésico. Al final del documento, con una letra diferente, se aclara que se consumieron once unidades de sangre tipo O negativo.

Azucena no hablará más con Matus, no tiene intención de revelarle las palabras de Comodoro porque ella lo vio caer en El Álamo, lo vio llorar de dolor, vio la sangre esparcida en la camisa; ella sabe que su marido no la dejó viuda por la rabia de la derrota, por no volver a un sitio donde le hagan armar rompecabezas de veinticuatro piezas y los viernes le permitan tomar un pan de la canasta; de sobra sabe que su marido murió por una herida de bala, la que igual sirve para liquidar a un héroe nacional o a un borracho pendenciero.

En el archivo de la Policía Judicial de Nuevo León existe una denuncia fechada el 15 de octubre de 1968. En ella, el señor Luis Ernesto Dávila Sánchez señala que la casa de su rancho, ubicado en los alrededores del ejido El Perico, municipio de Anáhuac, fue vandalizada por desconocidos. Entre los daños causados al inmueble señaló múltiples impactos de bala que afectaron la fachada, quebraron cristales y astillaron las puertas y ventanas de madera; asimismo encontró en una pared interior el dibujo de una bandera mexicana adulterada con un pollo imperial en vez de águila, lo cual, tiene él entendido, es delito federal.

Resulta obvio que la denuncia no procedió, pues la mayor parte de los daños fue causada por el propio ejército mexicano. Es de suponer que el señor Dávila Sánchez la presentó por consejo de un abogado: así te deslindas de responsabilidades, aclaras que tú no facilitaste tu propiedad a esos facciosos.

El documento, sin embargo, es útil para ubicar a los iluminados, quienes aún se hallaban a unos cuarenta kilómetros de la frontera. De ser así, el río que atravesaron debió ser el arroyo Camarón, que hoy día está seco la mayor parte del año.

En el recuento de daños, el señor Dávila Sánchez no menciona la cama de madera hecha cenizas.

Desde que Matus se enteró de la muerte del gordo Comodoro imaginó su entierro en un ambiente gris y lluvioso, no de llovizna sino de un franco chubasco que entre truenos y chapaleos ahogara las voces de lamentos y rosarios; sin embargo el cielo es azul y el sol golpea sin culpa, como si la ciudad no hubiera perdido al más valiente de sus hijos. Matus y Román llevan el féretro por delante; Santiago y un empleado de la funeraria, por detrás, porque Ibáñez no aceptó tomar parte. Comodoro da la vida por su país y ni siquiera se gana cuatro brazos agradecidos que lo carguen. Así cómo ha de esperar la madre de Cerillo una estatua para su hijo, cómo ha de esperar nadie un breve párrafo, aunque sean dos líneas en el capítulo ocho del libro de historia de México. Una ilustración de los cinco iluminados junto a la de los niños héroes. Dígame, profesor, ¿quién fue el gordo Comodoro? ¿Quiénes fueron Cerillo, Ubaldo y ese individuo llamado el Milagro? Matus se imagina de nuevo en la escuela, ahora con alumnos receptivos que lo admiran sin reparos, sin llevar quejas a sus madres. Y dedica especial atención a instruirlos sobre el sacrificio del gordo Comodoro, quien no cesó de disparar hasta que el rifle se destrozó ardiente en sus manos; y elabora la leyenda de Cerillo, y dice que ahí donde cayó ahora se levanta un nogal macizo como la piedra, que los leñadores estropearon más de un hacha intentando derribarlo, hasta que, vencidos, optaron por construir un altar en torno a las raíces; y antes de hablar de los otros soldados, un alumno lo interrumpe: profesor, ¿quién fue Azucena? ¿No me diga que además de doña Josefa hay otra mujer en la historia nacional? Y el profesor Matus, quien ahora firma como general Matus, sabe que es tiempo de darle a Azucena un espacio de privilegio, la primera página de un episodio dedicado a las mujeres. Doña Josefa está en la historia porque es indispensable hacerles un hueco a las damas, aunque en el fondo no fue sino una vieja intrigosa que acabó por no hacer nada, y sabrá dios si fue su inclinación al chisme lo que condenó a los padres de la patria. Por eso ella quedará fuera, ya no hace falta, como tampoco hace falta Margarita Maza de Juárez, otra inútil que sólo representa a la mujer blanca ultrajada por el indio. Ahora es Azucena quien llena esas páginas fundamentales para que no se diga que la historia la hacen sólo los hombres, y es el perfil de Azucena el que veremos en las monedas de cinco centavos.

Ya no puedo, dice Román, y buscan una tumba a la mano para reposar el féretro. He escuchado que los muertos pesan menos que los vivos, pero Comodoro contradice la ley. Seguro es por el plomo que trae dentro, dice Santiago. Puedo pedir ayuda, sugiere el empleado de la funeraria, quien parece tener prisa por volver al negocio. Por favor, dice Román, mi espalda va a reventar. Matus mira a sus amigos con reproche. Lo normal hubiera sido una procesión con cientos o miles de dolientes, con turnos de un minuto para la guardia de honor, y centenas de palabras de admiración recitadas por amigos, políticos y líderes sindicales, con un sepulcro al que no se le puede echar tierra porque se ha llenado de flores;

lo normal sería no estar en ese cementerio regiomontano, sino en la capital, en la rotonda de los hombres ilustres. Pero Matus no está para lamentos, el mero hecho de hallarse reposando en esa tumba ajena es un triunfo, porque tras un largo intercambio de palabras con el capitán Argüelles pudo salvar al gordo Comodoro de la fosa clandestina que le tenían destinada en el campo militar. Nunca creyó tener que rebajarse de ese modo; Matus habló suavemente, le prometió que todo sería discreto, sin esquelas en los diarios ni invitaciones telefónicas; bajó la mirada cada vez que decía por favor, sólo estaremos ahí las cuatro personas que hacen falta para acarrear un féretro. El capitán Argüelles fingió meditar, pues Matus sabía que las decisiones las tomaba otra persona de mayor rango que nunca dio la cara. Más tarde le tengo una respuesta, dijo, y más tarde la respuesta fue afirmativa. Está bien, cedió el capitán, pero lo estaremos vigilando. Por eso cuando llega el empleado de la funeraria para decir que encontró a dos muchachos que les ayudarán, que sólo hay que esperar un minuto porque le están rezando a su difunta madre, Matus sabe que se trata de dos soldados enviados del campo militar para asegurarse del recato del entierro. Hable del alma del difunto, dijo el capitán Argüelles, y evite los discursos patrios.

Llegan los dos muchachos y toman el féretro por la parte delantera, la más pesada; Matus y el empleado toman la otra punta y reinician la marcha. Por no sentirse un par de inútiles, Santiago y Román roban flores frescas de algunos nichos.

Cuando llegan al foso de Comodoro ya los esperan dos sepultureros. Han levantado la losa y muestran un par de largas correas de cuero con las que harán descender al muerto; están vestidos como obreros, pero Matus igual desconfía de ellos y los cree soldados encubiertos. Fue un placer servirles, dice uno de los dos muchachos, si se les ofrece algo más, estaremos rezando otro poco en la tumba de mi madre. Matus les muestra una sonrisa cínica y sólo por su falta de certeza, por esa remota posibilidad de que, en efecto, estén visitando a su madre, evita escupirles en la cara. Se lamenta de no haber cuestionado los procedimientos de la funeraria; tal vez hubiera podido solicitar que el entierro fuera más tarde, al anochecer, así la tenue luz de luna daría el matiz de las fotografías antiguas, históricas, algo necesario para enaltecer un evento tan desangelado, pues el presente jamás da sustancia ni grandeza. El presente le parece simple y banal. En uno de esos presentes, la maestra del instituto regaña a Comodoro porque tira migajas de pan, o yo lo hago porque no acomoda la ficha correcta de dominó. Y cuando Comodoro se vuelve pasado, la ficha y el pan son lo de menos; importa la bala en su cuerpo y la respiración que se va porque, sí, damas y caballeros, niños y niñas, ese prócer quiso engrandecer la patria, soñó que la engrandecía. El presente minimiza, puesto que el hombre no sale a explorar el mundo porque la mujer le pide para el gasto; los muchachos no se enlistan en el ejército porque mañana tienen examen de geografía; la historia no se enseña porque no sirve para sumar; la mujer no hace lo que de cualquier modo nunca haría porque ha de surtir las legumbres. La exigencia del presente nada tiene que ver con la historia, se dice Matus, y el gordo Comodoro es la historia de México en cuatro tomos, desde la caída de Tenochtitlán hasta nuestros días.

Déjenme solo, pide Matus, y se arrodilla en el filo del foso. No fue en balde, Comodoro, El Álamo es nuestro, Texas habla español y los gringos aún no paran de correr ni de esconderse temblorosos bajo más camas de madera. La patria te saluda, Comodoro, México hoy duerme tranquilo, a salvo de buitres. Bendito seas, soldado. Se incorpora y va con sus amigos. Ya no se queda a ver el momento en que los trabajadores colocan la lápida. Descansa en paz, gordo

Comodoro, señorito del Condestable, frijol invencible; descansa en paz, con los ojos bien cerrados en el oscuro perpetuo porque no hubo losa de cristal.

Querido señor Matus, tal vez usted sepa que mi marido murió hace diez años, o tal vez estas noticias no lleguen a su país bárbaro. Aunque nunca respondimos a sus cartas, siempre lo tuvimos presente, más de lo que hubiésemos deseado, pues a partir de 1924, cada vez que Clarence corría el maratón de Boston también competía contra usted. Acostumbraba decirme que no sólo debía ganarle a todos los participantes, sino además al señor Matus. A veces le llamaba por su nombre, a veces sólo se refería a usted como el mexicano o el corredor de Monterrey. Clarence corrió toda su vida, la gente le apodaba Señor Maratón, y ganó siete veces en Boston, cuya ruta es más exigente que la de París; tiene cerca del final una prolongada cuestarriba conocida como la rompecorazones, y le aseguro que usted no podría contra ella. La historia dice que ningún mexicano ha ganado en Boston y yo sé que ninguno lo hará.

Le cuento esto porque, sin importar lo que usted haya logrado en su vida, jamás llegó a la altura de mi amado Clarence.

Él corrió su último maratón en 1954, a la edad de sesentaicinco años; luego vino la enfermedad, un cáncer que lo llenó de polillas por dentro.

Una noche, tumbado en su cama, me dijo: si alguna vez las olimpiadas se realizan en México, envíale al señor Matus mi medalla. Nunca supe si bromeaba o deliraba; no hubo tiempo de aclararlo porque murió al día siguiente. Así que no me queda sino cumplir la voluntad de mi marido.

Disfrute la medalla, disfrute su falso triunfo, disfrute el vacío en mi vitrina; cuénteselo a sus amigos, si es que los tiene, o a su mujer, si es que algún día alguien lo amó, llame a la prensa, a ver si se interesan en la historieta de un hombre acabado, porque no me cabe duda: si usted está vivo, debe ser un lamentable anciano, incapaz de cruzar por última vez una meta con los brazos en alto. Sírvase, señor Matus, goce su medalla de tercer lugar, alce su copa de licor barato.

Lo saluda con afecto, Margaret DeMar.

¿No piensas abrir el estuche? Claro que lo voy a hacer, dice Matus. No importan las ironías de la señora DeMar; esta medalla es mía, siempre lo ha sido. Pliega la carta lentamente y la devuelve al sobre. Se queda mirando el estuche sobre la mesa, el forro de piel, el cerrojo dorado, y se pregunta si dentro está la medalla original o si la mujer de Clarence, en su resentimiento, habrá optado por enviar una réplica, o ni siquiera una réplica sino una medalla adquirida en cualquier tienda de trofeos, al cabo el imbécil mexicano no se dará cuenta y para él todo lo que relumbra es bronce, y apenas a esas alturas Matus se da cuenta de que desconoce las características de las que se entregaron en París, y no le queda sino abrir el estuche y confiar en la integridad de esa mujer que él no conoce ni conocerá, que le manda saludos con afecto que nada tienen de afectuosos, confiar, por primera vez en su vida, en alguien nacido y vivido al norte del río Bravo, creer en una mujer de nombre Margaret cuyo mayor mérito habrá sido cocinar panqués dominicales para la feria de su iglesia y aplaudir desde una acera los pasos de su marido. Vamos a ver, querida Margaret, si eres digna de mi confianza. Matus abre el estuche; no hay cliqueo del cerrojo ni rechinido de las pequeñas bisagras, y ahí está la enorme moneda con la imagen de dos hombres desnudos, uno de pie, el otro en el suelo, dándose la mano; debajo de ellos, los aros olímpicos. Matus hubiera esperado que la parte superior tuviera un agujero por donde ensartar el listón, esperaba también el listón color azul. Santiago da vuelta a la medalla. Ambos la admiran por unos segundos y concuerdan en que prefieren esa cara. Ahí hay implementos deportivos: balones, disco, martillo, jabalina, bala y otros enseres que no identifica; ahí está la palabra París y el número 1924, ahí no hay dos homosexuales dándose la mano. Matus se dice que es auténtica, que Margaret no lo engañó. Aunque no sabe identificar el bronce, sí reconoce que no es oro ni plata.

Esperé cuarentaicuatro años y me llega por instrucciones de un muerto, de alguien que ya no debe ser sino migajas de hueso bajo una de esas simples lápidas gringas en un cementerio verde en verano y blanco en invierno; aquí yace Clarence DeMar, quien obtuvo el cuarto sitio en las olimpiadas parisinas, pues se dejó rebasar por un finlandés, por un italiano y por el general Ignacio Matus, quien al final, mostrando grandes agallas, resistiendo el dolor, dando órdenes a esas piernas que no podían continuar, rebasó al competidor estadounidense que tantos consideraban favorito, y alcanzó a sacarle veinticuatro segundos de ventaja para adjudicarse el tercer sitio; señoras y señores, viva el general Matus, viva ese gran deportista oriundo de Monterrey, que le dio a nuestro país la primera medalla en una justa olímpica. Matus alza los brazos y Santiago toma la medalla. Es para mí motivo de orgullo y satisfacción entregarle esta presea que con la diligencia de sus piernas y el denuedo de su corazón habrá de portar por el resto de sus días para goce personal y prestigio de su país. A falta de listón azul, Santiago se la ofrece con índice y pulgar, como quien da una limosna. Matus se cruza de brazos y se niega a recibirla. No, dice, cuarentaicuatro años son mucho tiempo, y yo debo demostrar al mundo que aún soy digno de tan alto merecimiento.

El teléfono ha sonado varias veces sin que Matus tenga ánimo para contestarlo; si al menos creyera que se trata de la mujer que da la hora alzaría el auricular. ¿Sí? ¿Quién habla? Son las doce y media, son las cuatro y cuarto, son las diez en punto. Una voz sin cuestionamientos o reproches o amenazas, sólo capaz de articular setecientas veinte respuestas para la misma pregunta, porque qué hora es o qué horas son o qué tiempo trae o cualquier otra variante es, a fin de cuentas, lo mismo, y a Matus no se le ocurre una pregunta que no se refiera al horario y cuya respuesta pueda ofrecerle esa mujer. Da el último trago a su cerveza y le grita a Comodoro. Trae algo más de beber, Comodoro, ¿por qué no contestas el teléfono, Comodoro?, si no estuvieras tan gordo la bala habría entrado y salido y tú estarías vivo y yo no solo y mañana temprano te llevaría de la mano al instituto para que aprendieras una rima y te atragantaras con gelatina, para que la maestra te repitiera que no eres un idiota y sin embargo te tratara como tal, espantada porque un día fuiste a la guerra en vez de recitar que uva comienza con u. Suena el teléfono una vez más, once timbrazos antes de apagarse. No le extraña que el teléfono haya sido inventado a finales del siglo XIX, época de tiranías, en la que nadie pudo concebir que el aparato se hiciera anunciar con un suave sonido de arpa, había de ser impositivo, rompedor de nervios, capaz de detener una partida de dominó, una conversación, un acto amoroso; sería más ignorable la voz chillona de la madre de Arechavaleta gritando desde el aparato. Un golpe de metal contra metal me bastaría, uno solo, un sonido como el que se presentará dentro de unas semanas, meses o años en el féretro de Comodoro. El cuerpo se irá consumiendo hasta liberar el fragmento de bala que lo mató; caerá con un sonido tosco de plomo contra madera y espantará a algunos bichos que hayan hecho de Comodoro su morada. Sólo a ellos, porque el sonido no tendrá fuerza para emerger de la tumba y ser escuchado por una viuda que pasara por ahí y hacerla pensar que allá abajo hay un muchacho esforzándose por salir. Soy el gordo Comodoro, sáquenme de aquí, yo pedí una tumba de cristal. De nuevo suena el teléfono y Matus se molesta porque los timbrazos le roban la imaginación. Decide ir a la cocina por otra cerveza. ¿Y si es la mujer que da la hora? ¿Si por vez primera rompe con su disciplina y me llama? Señor Matus, son las ocho o las nueve o las diez y lo amo y perdone por haberme portado siempre tan cortante con usted, son las once y quiero tenerlo en mi cama, son las doce para toda la vida, las doce y un minuto. Corre al aparato y levanta el auricular. Tras unos segundos de silencio pregunta ¿qué horas son? Otros segundos de silencio y son las diez y cuarto, dice una voz femenina, más suave y titubeante que la de costumbre. ¿Eres la mujer que da la hora? Se la acabo de dar, señor Matus; soy la madre de Cerillo. El primer impulso de Matus es colgar; ha pensado mucho en el momento de hablar con esa señora, pero aún no ha madurado una explicación coherente, digna. Desea convertirse en el hombre que da la hora, nunca contestar más preguntas a los militares ni a las madres ni a los iluminados, sólo si se responden con el reloj. Son las diez y dieciséis, le informa a la señora. Lo sé, dice ella, y también sé que tres de los muchachos volvieron al instituto, me enteré de que Comodoro no regresará, y supongo que mi hijo tampoco. Matus se recarga en la pared y afloja las piernas hasta quedar sentado en el suelo. Por lo pronto no quiero detalles, sólo dígame si Cerillo cayó como un héroe. Matus sabe que el verbo caer tiene otro significado para la señora, pues él lo remite al momento en que Cerillo cae del vehículo militar tras tanto brincoteo del camino; imagina coyotes hambrientos saboreando ese sollozante e inmóvil trozo de carne vestido de blanco que quiere una canción de cuna y a cambio recibe mordiscos. Sí, señora, pocas veces se vio tanto valor en un combatiente. La comunicación se corta y Matus deja el teléfono descolgado. Son las diez y diecisiete. Le queda mucha noche para que Cerillo vuelva a caer cientos de veces, para que Comodoro sea agujerado por una metralla infinita.

El parte médico del doctor Azael Delgado tampoco mencionó que cuando pensaron que la anestesia había hecho efecto y se aprestaban para emprender la incisión, el gordo Comodoro sacó un pepino que traía oculto en la bata o en un pliegue de piel y lo mordió sonoramente. Una enfermera se apresuró a arrancárselo de la mano.

Al final nadie preguntó qué hacer con el cadáver, pues todos en un hospital conocen el procedimiento. La pregunta de la enfermera fue ¿qué hago con el pepino? El doctor Delgado se encogió de hombros y dijo no sé, tírelo en la basura o cómaselo. La enfermera lo depositó sobre el desperdicio de gasas y algodones ensangrentados e hilo para suturar, y no supo por qué la visión de ese pepino mordido la consternó más que la sábana gorda sobre la plancha de operaciones.

Azucena ha pasado el día encerrada en su recámara; no ha querido comer ni ver la televisión. La madre está en la sala tomando café con unas amigas. Habla de la última ocurrencia de su hija. Me pidió un vestido negro, dice que quiere usarlo todos los días durante un año. Las mujeres sonríen. Una sorbe su café y dice que una niña tan bonita no debería vestirse con colores tristes.

Señor Matus, ahora sí quiero todos los detalles. Él nunca hubiera pensado que esa conversación se daría por teléfono, la llegó a imaginar en un restaurante, en una capilla, sobre todo en la banca de una plaza desierta por la noche, y sin embargo lo prefiere así: ella a pocos kilómetros, sin otra posibilidad que escucharse la voz, nada de aspavientos; tal vez con llanto pero sin lágrimas, tal vez con rabia pero sin miradas hirientes, con reclamos pero sin posibilidad de clavar uñas o dar bofetadas. Los detalles son dolorosos, señora, ¿está segura de que desea conocerlos? ¿No le basta con saber que Cerillo fue un valiente? No me hacía falta una guerra para saberlo, señor Matus; ahora debo conocer su historia. Usted tiene el deber de informar de los hechos a las madres de los caídos, sobre todo si ni siquiera me regresó un cadáver, porque mi imaginación puede resultar peor, una imaginación que a todos los pone corriendo para salvar su pellejo mientras mi hijo permanece disparando en su trinchera maloliente hasta agotar el parque; entonces cae prisionero y es torturado al punto de causarle la muerte sin que él soltara palabra, y todo por proteger a una partida de cobardes que huyó a los primeros fogonazos. De acuerdo, señora, sólo espero que no se encuentre de pie. Matus desatiende el auricular mientras va a la cocina por una botella; vuelve al teléfono y da un par de tragos sin prisa. ¿Ahí sigue? Sólo hay un resoplido del otro lado, suficiente para que Matus comience. Cruzamos el río Bravo sin contratiempo, por lo general Cerillo iba al frente del convoy, se había ganado ese puesto por su agudeza de vista y sentidos siempre atentos. Además había demostrado ser el mejor francotirador del grupo, pues al Milagro le temblaban las manos, Ubaldo era muy impulsivo y disparaba antes de apuntar, y al gordo Comodoro le brotaba tanto sudor que pronto se le nublaba la vista. Le cuento esto porque si bien los atributos de Cerillo son muy apreciados en un soldado, en este caso le costaron la vida, ya que debió hacerse cargo de la más arriesgada de las misiones. Da otro trago a la botella y cierra los ojos. ¿Ahí sigue, señora?, y de nuevo el resoplido como respuesta. A marchas forzadas, hambrientos, sedientos y con sueño, llegamos a unos cien metros de El Álamo, y nos ocultamos en una casa abandonada desde la que podíamos iniciar el asalto decisivo. El plan era simple, mas no por eso sin peligro: su hijo debía subir a la terraza para dominar todo nuestro camino hacia las puertas de El Álamo; nosotros arrancaríamos como saetas hacia el portón que abrió el general Santa Anna muchos años atrás y, de aparecer algún gringo, Cerillo lo eliminaría con un tiro certero. El asunto es que estábamos dejando a un soldado atrás, si bien no por eso abandonado. Tan pronto nos hiciéramos fuertes en El Álamo, se invertirían los papeles, ahora nosotros protegeríamos desde el balcón la carrera de Cerillo hacia los suyos. La primera fase resultó perfecta, y a nuestro paso vimos caer varios enemigos, pero la balacera no fue discreta y pronto atrajo a toda la base militar norteamericana. De haber tenido radio le habría notificado a su hijo algún cambio en el plan, que se fuera a las montañas e hiciera labor de partisano y comiera bellotas el tiempo que fuera necesario. Resultó imposible comunicarnos, y alguien como Cerillo está hecho para respetar las órdenes. Es mi hijo, interrumpe la mujer, yo le enseñé a obedecer. Durante varias horas hubo intercambio de plomo, y aunque las bajas de ellos se contaban por decenas, a todo momento llegaban más brigadas frescas, sanas y cada vez mejor provistas. Y entre estas milicias arribó un soldado con lanzallamas. Azucena se llevó las manos al rostro y se puso a orar; y yo, señora, si mi puntería fuera la necesaria, le juro que habría disparado a su hijo en medio de los dos ojos, al fin ya había cumplido con su sacro deber y un general distingue cuándo es de buenas costumbres ejecutar a su propia gente. Apenas lo vio venir, Cerillo dejó la terraza y corrió hacia dentro de la casa abandonada, seguramente decidido alcanzar la planta baja, salir a la calle y abrirse él mismo a tiros la brecha que nosotros no habíamos podido abrirle. Demasiado tarde. El hombre del lanzallamas disparó contra la puerta y pudo verse que por todas las ventanas salían lenguas de fuego. Segundos después apareció Cerillo. En su trajecito blanco ya no existía el blanco y la suela de goma de sus zapatos despedía un humo espeso. Él caminaba con su fusil aún en las manos, daba pasos lentos, ya no tenía cabello y sus ojos eran lo único que parecía mantenerse intacto, dos ojos que ya no parpadeaban. Continuó avanzando hacia nosotros y algo de sí logró su cometido porque pronto nos llegó el olor a chamusquina, pero al general contrario poco le interesaba el honor o el esfuerzo humano, y dio la orden de un segundo flamazo. El soldado se ensañó con Cerillo, le vació la carga de sus tanques, y para cuando el fuego se apagó, en el suelo apenas se divisaban los residuos que deja una fogata de día de campo. La batalla continuó y a su hijo habría de llevárselo el viento, y ahora sus cenizas son parte de esa tierra que, usted y yo sabemos, es México. Me siento mejor ahora que estoy al tanto de la verdad, señor Matus. Sepa que no le guardo rencor por haberle asignado esa misión a mi hijo; y si no hay cadáver, ¿qué le vamos a hacer?, por suerte le saqué fotografías aquel último día, luciendo como todo un hombre con sus cabellos bien peinados. Ahora podré amar sus fotos, sobre todo ésa en la que aparece ondeándome un adiós tras la reja del instituto, y podré subastar sus juguetes en alguna casa de Londres. Sí, señora, ahora déjeme en paz, me he desgastado tanto contando esta historia como cuando la viví; otra vez su hijo se quemó y otra vez perdí a un soldado. Sólo dígame algo más, Matus, ¿le contó a Cerillo lo que me hicieron esos gringos? Sí, señora, se lo dije poco antes de dejarlo solo en aquella terraza. Entonces yo también estuve ahí, dice la mujer y corta la comunicación. Matus bebe un poco más y va por la bolsa de estambre que Cerillo usaba como mochila. Ahí ve su ropa interior, la botella de gárgaras sabor menta, el betún blanco para calzado, el talco y la pomada para bebé; también encuentra, limpio y bien planchado, el segundo uniforme blanco. Saca el corbatín celeste y se lo amarra al cuello. Soy un soldado ágil y diestro, soy el hijo de una mujer extraordinaria, soy la más desgraciada de las criaturas. Besa la botella hasta vaciar el resto del licor. No le hace falta música para pasarse la noche bailando.

Actualmente la medalla de bronce se halla en poder del Museo Deportivo de Monterrey. No la exhiben al público; está guardada dentro de su estuche en un casillero de la bodega. Una etiqueta de cartón dice escuetamente: Ignacio Matus, maratonista, 1903-1968. Hace tiempo la trajo un anciano, explica la directora, y nos dijo que un amigo suyo, el tal Matus, la había ganado en las olimpiadas de París por un tercer lugar en la prueba de maratón. La medalla me parece de mal gusto; son mucho mejores las que dieron desde las olimpiadas de Ámsterdam hasta las de México, todas iguales, diseñadas por un artista de Florencia. Al cuestionarle si por esa razón no la exhibe, la directora sonríe. No administro un museo de arte; mi decisión es meramente deportiva. Explica que la delegación mexicana que participó en las olimpiadas de 1924 regresó con las manos vacías. Mandamos dieciséis competidores, dice, y ninguno de ellos corrió el maratón. Hubo cuatro inscritos para la prueba de campo traviesa, y los cuatro se quedaron en el hotel porque la temperatura les pareció muy calurosa. Al final sólo un mexicano compitió en una prueba de fondo, en diez mil metros, y llegó muy atrás del finlandés volador que ganó, porque entonces los finlandeses ganaban todas las pruebas de mil quinientos metros para arriba. No entiendo por qué nuestro gobierno envió tan lejos a una partida de fracasados. Si uno va a perder es mejor quedarse en casa.

La directora del museo baja la voz cuando dice: estoy segura de que la medalla pertenece a Johnny Weissmuller; sabemos que ganó una de bronce en polo acuático en esas mismas olimpiadas, y ya ve que murió alcohólico y trastornado en Acapulco. Sin duda el anciano que la trajo anduvo por aquellas playas y se la canjeó por una botella de whisky; luego inventó la historia de su amigo Matus que llegó en tercer lugar del maratón, pero basta leer el reporte oficial para darse cuenta de que ningún Matus compitió por México, y que el tercer sitio de esa prueba lo obtuvo el estadounidense Clarence DeMar. Un abogado está arreglando el trámite para reglamentar la medalla como propiedad del museo, y tan pronto nos entregue los papeles la vamos a exhibir. Ya mandé hacer un escaparate con fotografías y datos biográficos de Weissmuller. Vendrá mucha gente a verla por tratarse de un gringo tan famoso; mucha más gente que si de veras perteneciera a un corredor de Monterrey que se la hubiera ganado en París con el esfuerzo de sus piernas.

Matus vació la mochila de Cerillo. Colgó el traje blanco de un clavo saliente de la pared, donde años atrás pendía un espejo. La ventana está abierta y a ratos corre un viento que mece el corbatín celeste e infla un poco el pantalón corto y la camisa. Matus se pregunta cuánto costará un maniquí que se ajuste a la talla de esa ropa o si será factible pedirle a un imaginero que le elabore un santo niño, también talla Cerillo.

En el suelo yace un juego nuevo de dominó que Santiago compró para remplazar el de la inmaculada perdida. ¿De veras quieren jugar a esto?, pregunta Matus. Román se encoge de hombros. Tú vas a la guerra, tú corres en las olimpiadas, pero nosotros contamos las horas. Hace rato dejaron sus asientos y se han acomodado en el suelo. Una botella circula entre los tres; se le da un trago y se pasa al compañero de la izquierda. Santiago chupa su cigarro y se recuesta en las baldosas frescas. Desde ahí ve el oscilante corbatín de cerillo. A falta de listón azul para tu medalla, podemos usar eso, con un poco de suerte está hecho en Francia. Matus toma la caja del dominó, la abre y esparce las fichas en el piso. Tras la revelación de Ubaldo no quiero saber más de este juego, dice, todos estuvimos de acuerdo en la secuencia de las fichas que habían de colocarse, coincidimos en nuestras decisiones. Por supuesto, Román da un trago antes de continuar, eso indica que somos expertos. Matus se incorpora y descuelga el traje blanco, se lo acomoda frente al pecho; imagina a un Matus del pasado, pequeño, corriendo en Londres de la mano de Dorando Pietri. Es de madrugada, la ciudad se halla sumergida en una densa neblina y resulta imposible dar con la meta entre tanta callejuela vacía. No te preocupes, niño, Dorando lo conforta con voz quebrada, tal vez la divisemos en la próxima esquina, si volteamos a la izquierda o la derecha; vamos a encontrarla antes de que nos descalifiquen. Cuando uno es torpe, Matus echa el traje en un sillón, es libre de optar entre varias jugadas, pero cuando se es experto se sabe cuál es la jugada correcta, no hay libertad ni alternativa, el juego está cantado desde que se reparten las fichas, y eso se llama azar. Ubaldo no dijo eso, Santiago recoge la mula de cincos y la devuelve a la caja. Hace años que jugamos a pares y nones, dice Matus; lo hacemos sólo porque la tradición dicta que el dominó es un juego de hombres, un juego para emborracharnos y suponer que hace falta inteligencia para colocar cada ficha. Comodoro tenía razón, es de gente sabia romper con las reglas y lanzar la ficha que a uno le plazca.

El tiempo transcurre en silencio. Los tres dan pequeños tragos a la botella, hasta que suena el teléfono. La primera reacción de Matus es mirar el reloj. ¿Quién llama después de la medianoche? Apenas alza el auricular, reconoce la voz fastidiada de la Luz. ¿Cuándo vas a venir por tu muchachito? Ya me cansé de él, hay que bañarlo con aceite, lavarle la ropa a conciencia, abrocharle las agujetas, peinarlo con goma, limpiarlo cada vez que va al baño, y por las noches sólo quiere succionarme el pezón. La comunicación se corta y Matus va al sillón donde arrojó el traje blanco de Cerillo. Lo llena de besos y, por encima del cuello, como si ahí hubiera una cabeza, acaricia incansablemente el vacío.

¿Azael Delgado? ¿Mejor cirujano de la ciudad?, el doctor Bernardo Coindreau se arrellana en su silla y se echa a reír sin ganas. Fue compañero mío en la facultad, y nadie supo cómo obtuvo el título de médico; dicen algunos que por influencias, que era sobrino de un funcionario importante. Trabajó un tiempo en el hospital de Zona al final de los sesenta, pero lo dieron de baja por mal desempeño. No supe más de él.

Matus se estaciona en la esquina de Juventino Rosas y Ángela Peralta, va conduciendo como siempre el auto prestado de Román. Sé que estamos cerca de tu casa, ¿me sabes indicar qué rumbo debo seguir? Cerillo saca la cabeza por la ventanilla y sonríe. Siéntate bien, ¿no te contaron del niño al que decapitó otro auto? Matus toma por Ángela Peralta a la izquierda y se da cuenta de que su pasajero va perdiendo la sonrisa. Nunca pudo descifrar ese posible lenguaje con el que Cerillo le habría contado a su madre sobre la invasión a Texas, pero tal vez pueda emplear su sonrisa como un indicador de cercanía. Echa reversa y crece la felicidad en el rostro de Cerillo. ¿Así que ya te olvidaste del pezón de pueblo y quieres volver a casa? Regresa a la esquina y se detiene. Tuerce por Juventino Rosas y avanza lentamente, apenas lo suficiente para notar que la expresión de Cerillo pierde intensidad. De nuevo echa reversa y esta vez toma Ángela Peralta al lado contrario. De inmediato la sonrisa se vuelve risa, y antes de recorrer cien metros Cerillo agarra la manija de la puerta. Deja eso, no querrás caerte otra vez como del camión, y ya no podré inventarle a tu madre otra historia de lanzallamas porque una vecina le avisará que te vio descalabrado y sangrante a media calle. Estaciona el auto en el primer sitio disponible y apaga el motor. Vamos, dice, llévame con tu madre. Lo toma de la mano y ambos caminan por la acera a lo largo de tres casas. En la cuarta Cerillo se detiene rebosante de expectación. Matus le acomoda los cabellos y le endereza el cuello de la camisa, tan blanca como el día de su partida. Aunque el corbatín está flojo, no se lo ajusta, no quiere sofocarlo en este caluroso anochecer. Toca el timbre y escucha que alguien corre para abrir. Se asoma el rostro de un adolescente y Matus sólo dice buenas noches. El rostro se pierde y a los pocos segundos aparece la señora con un tenedor en la mano. Matus repite las buenas noches, ahora con el orgullo de quien espera un aplauso. Cerillo da unos pequeños saltos parecidos a un tap; no va hacia su madre, permanece en la acera, apretando la mano de Matus. En ningún momento se presenta la escena de lágrimas y abrazos que Matus había proyectado. El baile de Cerillo cesa. La señora termina de abrir la puerta y da un paso hacia atrás. Usted me engañó, grita sin temor de llamar la atención de los vecinos, está vivo, está más vivo que cuando se lo llevó. Deja caer el tenedor al suelo, Matus entiende que ha interrumpido la cena, pero qué más da si unos frijoles se enfrían, quiere hablarle del heroísmo de Cerillo, señalar en su rostro las quemaduras del lanzallamas. Usted me engañó, mi hijo está vivo. Del interior de la casa surgen alaridos y cantos desafinados. Cerillo aprieta con más fuerza la mano; Matus se zafa de un tirón. Empuja al chico por los hombros hacia la puerta, hacia su madre, y se larga sin despedirse. Maldito sea, grita la mujer, recoge el tenedor y lo lanza a la calle, está vivo y vestido de blanco. Los cantos aumentan su volumen. Matus se sube al auto y, sin mirar el retrovisor, arranca con el acelerador hasta el fondo. Siente la necesidad de huir como no hubiera huido de un regimiento que le pisara los talones.

Gordo Comodoro, mañana es el día de la carrera. Cuarentaidós kilómetros en la Ciudad de México. Habrá gringos y finlandeses y esperanzas latinoamericanas; habrá también africanos de Kenia, de Zambia, de Sierra Leona, de Nigeria, de Tanzania y, por supuesto, de Etiopía. Tengo mi uniforme de corredor, mis tenis, Comodoro, pero quizás opte por un traje militar porque las olimpiadas son otra guerra donde también se apuesta la vida y se juega el orgullo de las naciones.

Gordo Comodoro, santo patrono de los maratonistas, ruega por nosotros.

A veces puede verse a un individuo calvo y desaliñado en la casa de Tapia 406. Tras las rejas de su ventana insulta a la gente que pasa por ahí, lo mismo a hombres que a mujeres y niños. Los dueños de la casa son parientes suyos y piden una disculpa y se avergüenzan y lo llevan al interior; lo meten en la cama y lo tapan con una cobija sintética aunque sea verano. No te muevas, le dicen, y le encienden el televisor para entretenerlo. El tipo se las arregla para volver otro día a la ventana y reanudar sus insolencias. Una anciana de la cuadra dice que de tan acostumbrada a sus voces ya ni las escucha. El pobre está así desde hace muchos años, desde que era un chamaco. El más molesto con la situación es el dueño de una mercería en la esquina; asegura que le espanta los clientes. Nos grita cobardes, dice que no valemos un centavo, que él sí, que él peleó por este país, que él es un milagro.

Algunas cosas no han cambiado en cuarentaicuatro años, dice Román: el mismo cronómetro, la misma pistola y el mismo corredor. El primero funciona a las maravillas, la pistola sólo emite un golpe de metal, y ya veremos si el tercero es aún capaz de cruzar una meta. Esta vez no habrá duda sobre el instante en que se dé el disparo de salida, sea puntual o con retraso de dos horas y veintitrés minutos, pues el radio encendido en el auto de Román recibe en vivo las incidencias del maratón olímpico. El locutor afirma que esa carrera se ha vuelto propiedad privada de Abebe Bikila, que hoy piensa ganar su tercera medalla de oro consecutiva; menciona los nombres de los competidores mexicanos y dice que es momento de un corte comercial. Imbécil, grita Matus, los corredores pueden arrancar a medio anuncio de jabón. Santiago lo tranquiliza, aún falta un minuto, Matus, más el tiempo que compensen los jueces por si no ha bajado el sol. Luego de una oferta de camisas, vuelve la voz del locutor y notifica el arranque con el mismo tono de los hipódromos. Matus se echa a correr y Román activa el cronómetro. Santiago se ve sorprendido y hasta varios segundos después oprime el inocuo gatillo. Esta vez se ha invertido la ruta: la salida se dio en la vía del tren a Piedras Negras y el final de la carrera será en Monterrey. Al llegar a villa de García, Matus recorrerá un circuito de cuatro kilómetros que diseñó para que la meta no quede frente a catedral, pues el tráfico de la ciudad se ha incrementado desde 1924, y esta vez, en lugar de burlas de transeúntes, encontraría autos que amenacen con atropellarlo y semáforos en rojo. Colocó su meta de banderola blanca veinte metros antes de llegar a la cigarrera, junto a la vía del tren; pocos pasos adelante llegaría a los primeros cruceros peligrosos, los primeros con semáforos. Aunque lleva una camiseta sin mangas, no va vestido como corredor: calza botas militares y pantalón verde olivo.

Cuarentaidós kilómetros, dijo Matus esa mañana, justo la distancia que nos faltó para alcanzar el río Bravo; por eso hoy me juego mucho más que los atletas de la Ciudad de México. Ellos llegan a una meta; yo conquisto un territorio.

Los pasos de Matus son cortos e inseguros, de andarín. Marcha sin ansiedad, sabe que no hay gringos entre los favoritos, ningún heredero de Clarence DeMar; y esta vez sólo necesita recorrer la distancia para recibir su medalla, no importa ser el último, tampoco importan las condiciones físicas en las que arribe. Nadie podrá objetar que merece el bronce colgado al cuello.

Otra vez estoy en desventaja, le había dicho a Santiago. ¿A quién se le ocurre programar un maratón a las tres y media?, como si no hubieran aprendido la lección de París. En la capital la temperatura será agradable; aquí me va a aplastar el sol. Ellos corren a dos mil metros de altura, respondió Santiago, tal vez eso anule la ventaja. Matus admitió la igualdad de circunstancias, pero ahora que piensa en sus piernas delgadas, lentas y resecas, concluye que los corredores que a esa hora habrán abandonado el estadio olímpico le llevan años de ventaja. Según leyó, Abebe Bikila es el más viejo del grupo, y aun con él la diferencia es de casi treinta años.

Esta vez no lo siguen a caballo, sino en auto; no irán junto a él en todo momento porque el terreno no es transitable y porque a esa velocidad el motor no tardaría en arder. Han quedado de encontrarse en cada punto donde la vía se cruce con una calle o una carretera; ahí Román y Santiago le informarán sobre el avance de la competencia y le ofrecerán agua. Hasta pronto, le dice Santiago, nos vemos en villa de García, y acelera el auto. Matus no responde, va concentrado en sus pasos, trata de distinguir a cualquiera de los setentaiséis corredores que desde el inicio lo dejaron atrás, muy atrás.

En la sección de sociales del 20 de octubre de 1968, el mismo día del maratón, aparece la fotografía de Arechavaleta; viste su uniforme de gala del Colegio Francomexicano y, como siempre, su mirada es altiva y el cabello luce engominado. Medalla de oro, dice el encabezado, y el texto explica que un jurado compuesto por profesores de diferentes instituciones decidió darle el primer sitio en la olimpiada escolar, pues el destacado estudiante recitó sin titubeos y con fervor patrio los cinco primeros artículos de nuestra constitución. Hubo, sin embargo, un instante en que el futuro líder debió silenciarse, cuando el público interrumpió con aplausos el remate del artículo tercero. A mediados de la nota aparece una frase del presidente del jurado, quien asegura que ciudadanos como Arechavaleta son los que le hacen falta a nuestro país.

Una brisa levanta polvo entre cardos y nopales. Matus considera que el escenario dista mucho de tener el encanto de un recorrido olímpico, y acaso puede compararlo con aquél en el que entrenan los africanos. Sin embargo Matus no está ahí, en el desierto de Monterrey, sino en la Ciudad de México; ahora mismo acompaña a los corredores que avanzan por avenidas anónimas, con baches, con aroma de tortillas y chile y baño comunal, calles bordeadas de vendedores y mujeres gritonas y banderas de cinco aros, junto a monumentos de héroes sin ideales, muy distantes del ejército iluminado; pero al menos hay por dónde correr. Si un día se celebraran las olimpiadas en Monterrey, habría que construir una glorieta con un kilómetro de circunferencia; al centro se erguiría la imponente estatua del gordo Comodoro. Muy bien, señores, cuarentaidós vueltas y ciento noventa y cinco metros, un trece de julio, a cuarenta grados.

Al completar la primera media hora, Matus llega a la carretera a villa de García. A un costado divisa el automóvil de Román. Se siente tranquilo, sin dolores, sin la respiración agitada; sabe que su velocidad no es para jadear, pero no puede ir más rápido, no a su edad. Después de todo, hoy sí corre una carrera de resistencia.

Santiago le ofrece una esponja bañada en agua. Matus la toma y bebe de ella; luego la exprime sobre su cabeza. Tuerce a la izquierda sobre la carretera para dar inicio al circuito de cuatro kilómetros. Román arranca el automóvil y va detrás de su amigo. Treintaitrés minutos, le informa con la cabeza asomada por la ventanilla, y te tengo malas noticias: en primer lugar va Kenneth Moore, de los Estados Unidos. Le siguen un belga y un mexicano. Matus resopla; sabe que esta vez el gringo se le irá irremisiblemente, no es presa suya sino de algún otro corredor. Román sube el volumen del radio. Tal parece que Abebe Bikila no salió en su mejor tarde, pues no se encuentra entre los punteros, sin embargo lo que debe interesarnos, respetable público, es que los mexicanos están haciendo un gran papel. De nuevo vienen los anuncios de jabones y camisas, y Matus le pide a su amigo un favor: si el gringo sigue en primer lugar, échale el carro encima. Con gusto, dice Román y hace rugir el motor de su vehículo de seis cilindros. Segundos después concluyen los comerciales, y con voz alarmada el anunciador dice estimado público, acaba de ocurrir una tragedia, el atleta norteamericano Kenneth Moore fue arrollado por un conductor ebrio que nadie sabe de dónde vino, con lo cual el mexicano Ignacio Matus ha tomado la delantera.

El semáforo tiene tres luces, dice la maestra. ¿Alguien sabe para qué sirve la roja? Una mano se alza con el índice apuntando al techo. ¿Para qué sirve?, repite ella, y una voz venida de cualquier sitio responde que el amarillo es como el sol o como los orines o como las páginas viejas o el cabello de una sueca o el vestido... La maestra la interrumpe y explica que no se refiere al amarillo ni desea comparaciones. Estoy preguntando para qué sirve el rojo, y es importante que lo sepan, es un detalle que puede salvarles la vida. La misma voz de hace unos segundos habla de la sangre, de unos coches, otros vestidos y del jugo de tomate. Otra vez la maestra la interrumpe y, tras ver que no hay manos alzadas, dirige su pregunta al rostro que ve menos atento. Dime, Caralampio, ¿qué ocurre si tú circulas por una calle y la luz del semáforo se pone en rojo? Él observa el dibujo que le muestra la maestra, el rectángulo con los tres círculos de colores, y claro que conoce su significado, ¿cuántas veces les han hablado del semáforo? Casi tantas como de la trompa del elefante o de las vocales que sirven para gritar. Cruza los brazos, los aprieta cuanto puede y se inclina hasta reposar la frente sobre la mesa. Sabe que su vida habrá de transcurrir en un crucero de eterna luz roja, y aborrece a la maestra por no repasar ahora el tema de las vocales, justo ahora que tanto le hacen falta.

Los gringos se están rezagando, informa Santiago, y Abebe Bikila ya abandonó. Las noticias le inyectan ánimo a Matus y, aunque imperceptible para sus amigos, él sabe que ha apretado el paso. Le ganaré al campeón de Roma y Tokio, y venceré también a todos aquellos que, por mucha juventud y trofeos que posean, no tengan los arrestos para recorrer esta distancia, y seguro ha de caer al menos un gringo, vencido por un dolor en la rodilla, por un tobillo crujiente, por un muslo endurecido; dolores que en la guerra no serían nada, que jamás habrían derrotado al gordo Comodoro.

De las paredes de la recámara de Ubaldo penden decenas de dibujos de un gordo muerto. En algunos se muestra el cuerpo simplemente acostado, en otros hay sangre o mutilaciones; en todos, los ojos son cruces. A la madre de Ubaldo le preocupa la nueva faceta artística de su hijo, por eso le ha destruido unos cuantos dibujos, los que ella llama los más sangrientos, y le sugiere que vuelva a los días de los conejos y las vacas y los árboles. Él se niega y pasa horas enteras admirando sus obras maestras tamaño carta. Siente especial orgullo por la que muestra a Comodoro tendido bocabajo en el fondo de un agua rojiza; montones de peces de colores lo rodean o mordisquean, y del trasero le brota una estaca. Sus manos y pies son de esqueleto; sus mejillas son moradas. Al centro, por encima de las aguas, Cerillo se eleva en forma de paloma.

Poco antes del medio camino Matus recibe más agua y más noticias. Acaba de llegar el ganador, le informa Santiago, una vez más de Etiopía. Matus sonríe para sí. Otro etíope; sin duda, al igual que Bikila, otro militar a las órdenes de su emperador, otro militar que se gana los honores corriendo y no defendiendo a la patria.

El terreno es llano y el auto puede avanzar junto a la vía por unos minutos. Santiago va sentado en el filo de la ventanilla y desde ahí grita más novedades. Mamo Wolde se llama el ganador, y está a punto de llegar un japonés de nombre impronunciable. Matus espera con ansia la llegada del tercer lugar; si no hay gringos en el podio lo habrá de considerar un triunfo. Michael Ryan, informa Santiago, y Matus mueve la mano como quien pide al público que se ponga de pie; una seña sin sentido para ese momento, pero no le salen las palabras, no tiene aliento más que para respirar. Román acaba por comprender. Quiere saber de dónde es. Nueva Zelanda, grita Santiago, y Matus sonríe a pesar del dolor en el tobillo izquierdo. En algún lugar leyó que los ganadores del maratón se vuelven héroes por tantas horas dedicadas al entrenamiento; el día de la carrera, en cambio, los héroes comienzan a llegar después de las cuatro horas. El día de hoy, se dice Matus, seré un héroe.

En el curso de los siguientes minutos llega un turco, dos británicos, otro etíope, otro japonés, un canadiense y dos corredores que Román simplemente identificó como europeos. Hombro con hombro se acercan a la meta un gringo y un mexicano; ante esta noticia Matus acelera el paso y no le cabe duda de quién llegará primero.

Román detiene el auto porque el camino se interrumpe por un montaje eléctrico a un costado de las vías. El tono del comentarista de radio es neutro, ya no le entusiasma a nadie el arribo de más corredores, y sus palabras sobre el reconocimiento al esfuerzo y la determinación de los deportistas suenan poco sinceras; ni siquiera realza el tono cuando arriba el segundo mexicano, en el lugar veintiséis. Los comerciales se multiplican y Santiago se pregunta hasta cuándo cortarán la transmisión. Por el parabrisas ve la cabeza oscilante de Matus; ya pasa de las seis de la tarde y el sol proyecta las sombras al infinito. Román sube el volumen cuando llega un corredor de Irlanda, un tal Michael Molloy, en dos horas con cuarentaiocho minutos. Con el tiempo que hizo Matus en París le habría alcanzado para llegar en lugar cuarentaiuno. El corredor se pierde lentamente en la distancia. Román abre la caja de la medalla y la observa con la luz rojiza del atardecer. Y con el tiempo que va a hacer aquí, dice, no le alcanzará ni para este falso bronce.

Más adelante le avisarán a Matus sobre el tiempo del irlandés, y él se verá llegando a la meta junto con él, cantando, bebiendo, rezando, y sabrá que los mensajes lanzados por Comodoro sí llegaron al glorioso batallón de san Patricio.

Vestido con un ropón, Cerillo yace bocabajo sobre una mesa de madera en la sala de su casa. La madre toca cinco notas en el piano con el índice y se da la vuelta hacia él. Ave María, le farfulla con los dientes apretados, ave María, gratia plena. Cerillo trata de sonreír, y acaba por sólo torcer los labios. La madre deja el teclado y se lleva las manos a la cara.

Son casi las nueve de la noche y Matus se acerca a la meta; nunca tuvo duda de que llegaría porque a su edad el dolor ya no es obstáculo; lo que en el pasado le parecía un muslo acalambrado ahora es el muslo con el que amanece cada día. A su edad, rajarse es lo mismo que morir. Acaso temió que una rodilla se descoyuntara, y aun así cabría la posibilidad de arrastrarse o dar saltos en una pierna. Ya no corre, dice Santiago cuando lo ve pasar, ni siquiera camina. Avanza como un lisiado, dice Román, un despojo de la guerra. Matus ha dejado de bracear, lleva ambos puños cerca del pecho, cerca uno de otro, como si trajera un rosario entre las manos. Cruza la avenida Gonzalitos y eso lo pone a cuatrocientos metros de la meta. Ese punto es la puerta de maratón, ahora sólo debe saludar al público, lanzar besos y completar una vuelta a la pista de tartán. ¿Llegó el tanzano?, pregunta Matus. ¿No lo ves?, dice Román, lo tienes a un lado, si no aceleras el paso serás el último en llegar. No desilusiones al público que grita tu nombre y el de tu país. Matus saca energía para componer su zancada; su velocidad aumenta muy poco, pero al menos ahora luce como un hombre entero. Tanto Román como Santiago saben que el corredor de Tanzania llegó hace casi dos horas, también avanzando como un lisiado, entre aplausos fraternales de quienes tuvieron la paciencia para esperarlo, entre jueces aburridos, bostezando, deseosos de que se hubiera retirado en el medio camino para irse todos a tomar una cerveza. Sin embargo la mentira es necesaria, es preciso hacer que Matus aumente el ritmo porque en el fondo se divisa la luz de una locomotora y lo que se oye no es la ovación del público sino el silbato que advierte su paso en otro crucero, uno que Matus dejó atrás hace algunos minutos. Suben al auto, y Santiago, de nuevo sentado en la ventanilla, le grita que acelere, no puede permitir que un africano entelerido lo deje en último lugar.

Matus sabe que varios corredores ya abandonaron la carrera: Abebe Bikila la dejó antes de medio camino, un mexicano apenas pasó el kilómetro diez, y un finlandés fue el primero en flaquear, así sea para demostrar que México no es París y que el mundo no es el de hace cuarentaicuatro años. En total han caído diecinueve atletas, entre ellos dos esperanzas latinoamericanas; pero yo no compito con quienes sueltan sus armas y solicitan armisticio al primer calambre o ampolla o hemorragia o cansancio, porque quien abandona un maratón demuestra que no sabe de qué se trata un maratón, no importa cuántas medallas tenga en su historial. Rápido, Matus, corre, vuela, porque te alcanza el negro de Tanzania. Y Matus reconoce, a unos doscientos metros, el palo de escoba con banderola de manta: la meta luego de más de cinco horas, luego de cuarentaicuatro años y una guerra; la meta y el triunfo definitivo sobre Clarence DeMar, mi querido Clarence, tieso en una tumba sin cruz; la meta y Comodoro saltando de la carreta para ofrecerse en sacrificio porque hemos de romper el sitio y recuperar El Álamo y la honra, y viva el ejército iluminado que nos dio patria y dignidad; la meta y el bronce que quizá no valga tanto. Corre, Matus, vuela, porque el negro de Tanzania te pisa los talones, y el negro entelerido de Tanzania pesa toneladas y ruge y lanza chirridos y humo negro como su piel; corre, Matus, es lo menos que puedes hacer porque Azucena está encerrada en su cuarto y Ubaldo ahora dibuja muertos y el Milagro grita ocho por once cuarentaidós, siempre cuarentaidós, tu eterna distancia, la distancia del hombre; y corre, Matus, porque Cerillo duerme inmóvil vestido de blanco junto a una madre sollozante, y ya no babea, se ha convertido en la pieza blanca que Comodoro saca en el momento justo para ganar la partida.

Corre, Matus, vuela como aquellos finlandeses del pasado. Faltan cien metros, grita Román o Santiago o los dos, y uno de ellos muestra la medalla de bronce pendiente del corbatín celeste. Mira, Matus, tu trofeo, tu inmortalidad por las batallas ganadas y los kilómetros corridos, tu perpetuo recuerdo de El Álamo. El hechizo surte efecto y el corredor en las vías se vuelve un muchacho ágil, de tiempo atrás y expresión iluminada, y bracea con elegancia, respira con ritmo, y cada tranco se va ampliando con las rodillas bien alzadas y el pecho erguido por las calles de París y Atenas y Londres y Roma y México; y pese al estridente silbato de la locomotora y el rechinido de los metales, Santiago y Román llegarán a jurar que por sobre todas las cosas se escuchaba la risa del inmortal corredor de Monterrey, la carcajada del tal Ignacio Matus, que elevaba los brazos y mostraba los puños y cargaba su fusil y comandaba sus tropas hacia esa meta de bandera blanca y águila muerta, hacia esa frontera inalcanzable, absurda, y eterna como el río Bravo.